총알차 타기

스티븐 킹 인터넷 소설 / 최수민 옮김

문학세계사

최수민
·
1956년생. 성균관대학교 졸업
역서로는 앨리스 워커의 『은밀한 기쁨을 간직하며』,
넬슨 드밀의 『장군의 딸』, 스티븐 킹의 『캐슬록의 비밀』,
『내 영혼의 아틀란티스』 등 다수 있음.

총알차 타기
스티븐 킹 인터넷 소설
·
초판 1쇄 발행일 2001년 2월 27일
·
옮긴이 / 최수민
펴낸이 / 김종해
펴낸곳 / 문학세계사
주소 / 서울시 마포구 신수동 345-5(121-110)
전화 / 702-1800, 702-7031~3
팩시밀리 / 702-0084
출판등록 제21-108호(1979.5.16)
·
표지 디자인 / Page One(3144-8633)

값 6,500원
·
ISBN 89-7075-217-X   03840

ⓒ문학세계사, 2001

STEPHEN KING
RIDING THE BULLET

NEW INTERNET FICTION

RIDING THE BULLET
by Stephen King

Copyright ⓒ 2000 by Sephen King
Korean language edition arranged with
Stephen King c/o Ralph M. Vicinanza Ltd.
through Shin Won Agency Co., Seoul.
Korean Translation Copyright ⓒ 2001
by Munhak Segye-Sa

총알차 타기

　지금까지 나는 이 이야기를 어느 누구에게도 하지 않았고, 하겠다고 생각한 적도 없었다. 남들이 믿지 않을까봐가 아니라, 부끄러워서…… 게다가 그것은 '나'의 이야기였기 때문이다. 누군가에게 얘기해 버리면 나 자신도 이야기 자체도 아주 값싼 것이 되어 버릴 것 같았다. 여름 캠프에서 소등 시간이 다 되어 갈 무렵에 교사가 들려주는 귀신 이야기보다 나을 게 전혀 없는, 아주 시시한 이야기가 되어 버릴 것이라고. 내 입으로 말하고 그것을 내 귀로 듣게 되면 나 자신마저도 믿지 않게 되고 말 것도 같았다.

　어머니가 돌아가신 후로 나는 잠을 편히 잘 수 없었다. 잠이 들려다가도 화들짝 깨어서 정신이 말짱해진 채 부르르 떠는 것이었다. 무서움을 덜어보려고

총알차 타기

불을 켜놓지만 그리 도움이 되지 않는다. 밤에는 그림자가 참으로 많다는 것, 당신은 그걸 느낀 적이 있는지? 불을 켜놓아도 밤에는 그림자가 참으로 많은 법이다. 그 중에서도 유난히 긴 그림자는 당신의 마음 속에 있는 그 어떤 것의 그림자일 수 있는 것이다.

당신의 마음 속에 있는 그 어떤 것의 그림자.

 맥커디 아줌마가 전화로 어머니의 소식을 알려온 것은 내가 메인 주립대학교 3학년 때였다. 아버지는 내가 아주 어렸을 적에 돌아가셔서 기억에도 없고 자식이라고는 나뿐이었기 때문에, 이 세상 천지에서 우리 가족은 나 앨런 파커와 어머니 진 파커가 전부였다.

 우리 집하고 길 하나를 사이에 두고 사는 맥커디 아줌마가 내가 세 친구들과 함께 쓰던 아파트로 전화를 걸어온 것이었다. 전화번호는 우리집 냉장고 문짝에 붙여놓은 자석 메모판에서 보았다고 했다.

 "갑자기 쓰러지셨어. 중풍이라는구나."

 아줌마는 길고 느릿느릿한 어조로 말을 했다.

 "레스토랑에서 일을 하시다가 그러셨어. 너무 놀랄

건 없을 것 같다. 의사 선생님이 그러시는데 그리 심한 건 아니래. 정신도 말짱하고 말씀도 잘 하셔."

"예, 그런데 말을 알아듣기는 하십니까?"

내가 물었다. 나는 어쨌거나 말을 침착하게 하려고 했지만, 나의 가슴은 거실 안이 갑자기 덥게 느껴질 정도로 몹시 두근거리고 있었다. 수요일이었던 그날, 두 친구는 하루 종일 수업이 있었기 때문에 아파트에는 나 혼자뿐이었다.

"그럼. 정신을 차리고 나서 맨 먼저 하신 말씀이, 너한테 전화를 걸어 달라고 하시더구나. 놀라게 하지는 말라고 하셨어. 그것만 봐도 정신이 멀쩡하신 거지, 안 그렇니?"

"예."

하지만 나는 놀라지 않을 수 없었다. 어떤 사람이 갑자기 전화를 해서, 어머니가 일터에서 쓰러져서 병원으로 실려갔다는 소식을 전했을 때 놀라지 않을 사람이 어디 있겠는가?

"당장 달려올 생각은 말고 학교에 잘 다니다가 주말에나 시간이 나거든 오라고 하시더라."

그럴 수야? 지금 어머니가 저 먼 어느 병원에 누워

계시고, 어쩌면 죽음을 앞두고 있는지도 모르는 마당인데, 나는 이 지저분하고 맥주 냄새가 잔뜩 배어 있는 비좁은 아파트에서 그냥 있는다고?

"어머니는 아직 젊으셔."

맥커디 아줌마가 말했다. "요 몇 년 새 살이 너무 쪘고, 고혈압까지 생긴 게 문제지. 담배도 너무 피우셔. 이젠 담배를 끊으시겠지."

그렇더라도 어머니는 담배를 끊지 못할 거란 생각이 들었다. 어머니는 그만큼 담배를 좋아하셨다. 나는 맥커디 아줌마에게 전화를 걸어줘서 고맙다고 인사를 했다.

"집에 오자마자 너한테 전화부터 건 거야. 그래, 언제 올 거니, 앨런? 토요일에?"

아줌마의 음성에는 이미 내 마음을 짐작하고 있다는 듯한 기색이 있었다.

창밖을 내다보았다. 티 하나 없이 맑은 10월 어느 날 오후, 새파란 하늘 아래에서 나무들이 노랗게 물든 잎들을 거리에 뿌리고 있었다. 그리고 시계를 얼핏 들여다보았다. 3시 20분. 4시에 철학 수업이 있어서 막 나서려던 때에 전화가 울렸었다.

총알차 타기

"무슨 말씀이세요? 지금 당장 출발할 거예요."

그녀는 바싹 메말라서 서걱이는 소리를 내며 웃었다. 실은 맥커디 아줌마는 담배를 끊는 문제에 대해서는 무어라 말을 할 자격이 없는 사람이었다. 그녀는 윈스턴 담배를 줄창 물고 사는 편이었다.

"착하기도 하지! 그럼 곧장 병원으로 가겠구나? 잠은 집에 와서 잘 거고?"

"그렇게 되겠죠."

내 차가 형편없이 낡아서 변속기가 말을 듣지 않는다는 얘기를 굳이 성가시게 할 필요는 없었다.

히치하이킹으로 병원까지 갈 것이고, 시간이 늦지 않으면 할로우에 있는 우리집에서 자면 된다. 시간이 너무 늦었다 해도 병원 휴게실 의자에서 잠을 청하면 된다. 학교에서 집까지 남의 차를 얻어타거나 음료수 자판기에 머리를 기대고 잠을 잔 적이 한두 번이 아니었다.

"열쇠는 손수레 밑에 숨겨둘게. 어딘지 알지?"

"그럼요."

어머니는 빨강색 외바퀴 손수레를 늘 뒷마당으로 통하는 문 밖에다 세워놓았는데, 여름철이면 꽃에 파묻히곤 했다. 그 광경을 떠올리자 무슨 까닭에선지 맥커디 아줌마가 전해온 그 소식이 정말로 사실이리라는 실감이 들었다.

어머니는 병원에 누워 있고, 어머니와 내가 단둘이서 살았던 그 작은 집은 밤이 되면 어둠에 잠길 것이다—해가 지고 밤이 되어도 불을 켜놓을 사람이 아무도 없을 테니까.

맥커디 아줌마는 어머니가 아직은 젊은 나이라고 말했지만, 스물 한 살인 자식에게 마흔 여덟 살 어머니는 이미 할머니인 셈이 아닐 수 없었다.

"조심해라, 앨런. 과속은 하지 마."

과속을 하고 말고는 물론 내가 얻어 타게 될 차의 운전자가 누구인가에 달린 문제였고, 개인적인 생각으로는 누가 차를 몰든 미친 듯이 빨리 달렸으면 하는 것뿐이었다. 하여간에 지금 내 처지에서는 메인 주 중앙 의료원까지 급히 갈 수 있는 길은 그것밖엔 없었다.

하지만 공연히 맥커디 아줌마에게 걱정을 끼칠 필요가 없었다.

"알았어요. 고마워요, 아줌마."

총알차 타기

그녀가 말했다.

"괜찮다. 어머니는 무사하실 테니까 너무 걱정하지 마라. 널 보시더라도 그렇게 좋아하시진 않을 거야."

나는 전화를 끊고, 내가 무슨 일로 어디엘 가는지 친구들 앞으로 메모를 썼다. 그리고 특별히 내 부탁을 잘 들어주는 친구 헥터 패스모어에게는 나의 지도교수에게 내 사정을 알려 달라고 했다. 수업에 빠지면 불문곡직 벌점을 안기는 교수들이 있었기 때문이다.

그리고 갈아입을 옷가지들을 배낭에 챙겨 넣고 가장자리가 너덜너덜해진 『철학입문』도 쑤셔넣어 가지고 집을 나섰다.

나는 철학 과목을 열심히 공부해왔지만, 그날 이후로는 벽을 쌓고 지냈다. 그날 밤 이후로 세상을 바라보는 나의 눈이 달라졌기 때문이다. 그것은 철학 교과서에 쓰인 그 어떤 말로도 설명될 수 없는 변화였다. 그날 밤에 나는 이 세상에는 우리가 이해할 수 없는 것들이 있다는 것을 깨달았다. 그 어떤 책도 그 정체를 설명할 수가 없는 것들이 있다는 것을. 그러한 것들이 있다는 사실 자체를 그저 잊어버리는 게 때로는 우리가 할 수 있는 최선이라고 나는 생각한다. 그럴 수만 있다면 그렇게 하는 것이 최선이라고.

총알차 타기

   메인 주립대학에서 어머니가 계시는 메인 주 중앙 의료원까지는 200킬로미터가 좀 못되는 거리이고, 거기까지 가장 빨리 가는 길은 통행료를 받는 95번 고속도로이다. 그러나 유료 고속도로는 히치하이킹을 하기엔 형편이 아주 좋지 않다. 길가에 서 있는 것은 고사하고 진입로 근처에 얼쩡거리기만 해도 주경찰들이 당장 쫓아버리고, 두번째로 발각되었을 때는 벌금딱지를 떼는 게 일쑤다. 그래서 나는 남서쪽으로 우회하는 68번 국도를 택했다. 그곳은 차량통행이 많을 뿐만 아니라, 미친 사람처럼만 보이지 않으면 어렵지 않게 차를 얻어탈 수 있었다. 경찰들도 대개는 간섭을 하지 않았다.
   맨 먼저 나를 태워준 사람은 말투가 몹시 퉁명스러

운 보험 세일즈맨이었다. 그는 뉴포트에서 나를 내려주었다. 나는 68번 국도와 2번 국도가 교차하는 곳에서 한 20분쯤 서 있다가 어느 늙수그레한 남자의 차를 얻어탔다. 그는 보도인햄까지 간다고 했는데, 운전을 하면서 연방 사타구니를 움켜쥐곤 했다. 마치 그 안에서 기어다니는 무슨 벌레를 눌러 죽이려고 하는 것 같았다.

"히치하이커들을 자꾸 태워주다가는 언젠가 등에 칼을 맞고 시궁창에 처박히는 꼴을 당할 거라고, 마누라가 노상 말했었지. 하지만 난 길가에 서 있는 젊은이들을 보면 내 젊은 시절이 생각나더란 말이야. 히치하이킹을 정말 많이도 했지. 석탄 운반 기차도 타 봤다구. 그런데 이것 좀 보라구, 마누라는 벌써 4년 전에 죽었고, 나는 아직도 멀쩡하게 살아 있잖아? 여전히 이 낡은 닷지(Dodge. 미국제 중급 승용차의 하나)를 운전하면서 말이야. 마누라가 정말 보고 싶어지는구만."

그는 다시 사타구니를 움켜쥐었다가 놓았다.

"그래, 어디까지 가는가?"

나는 루이스턴까지 간다고 말하고 거기에 가는 이

유도 말했다.

"정말 딱하게 됐네. 어머니께서 그런 일을 당하시다니!"

그 위로의 말이 정말로 진심에서 우러나온 것인 듯 따뜻하게 들려서 나는 그만 눈가에 눈물이 맺혔다. 나는 간신히 참았다. 몹시 지저분하고 오줌 썩은 냄새까지 나는 그 늙은이의 차 안에서 난데없이 울음을 터뜨리고 싶지는 않았다.

"그렇게 심각하지는 않대요. 아직 젊으시구요, 이제 고작 마흔 여덟인 걸요."

"그래도 그렇지! 중풍이라니!"

그는 정말로 안타까워하는 것 같았다. 그리고 다시 큼직하고 갈퀴처럼 생긴 손으로 초록색 바지의 불룩한 사타구니를 주물렀다.

"중풍은 심각한 병이야! 이봐, 내가 병원까지 데려다 주고 싶은데 말이야, 형하고 약속이 있어. 게이츠 폴즈에 있는 양로원에 데려다 주기로 했거든. 병든 형수가 거기 있는데, 뭐라더라? 앤더슨 병인지 알바레즈 병인지…… 기억을 잘 하지 못하는—"

"알츠하이머 병이에요."

"맞아. 아이구, 나도 이젠 그렇게 돼가는 거 같아. 어쨌거나 난 자넬 먼저 데려다 주고 싶어."

"그러실 거 없습니다. 게이츠 폴즈에서는 쉽게 차를 탈 수 있을 거예요."

"아직 한창인데!"

그가 큰소리로 말했다.

"어머니께서 중풍으로 쓰러지셨어! 고작 마흔 여덟 살에!"

그는 불룩한 사타구니를 또 움켜쥐었다.

"빌어먹을 사타구니!"

그는 버럭 소리를 지르더니 이내 껄껄 웃었다. 그 소리가 무척 절박하면서도 실없게 들렸다.

"정말 성가셔! 이봐, 그런 소식을 듣고도 당장 달려가지 않으면 세상에 되는 일이 없는 거야. 하늘이 노하신단 말이야. 그런데 자네는 만사를 제쳐놓고 이렇게 달려가고 있으니 정말 다행이야."

"우리 어머니는 훌륭하신 분이에요."

그렇게 말을 하고 나자 다시 한 번 눈물이 나려고 했다. 처음으로 집을 떠나 대학에 들어갔을 때에 나는 집을 그리 그리워하지 않았다. 한 일주일쯤은 조금 그리운 듯싶었지만 그걸로 그만이었다. 그런데 지금은 몹시도 집이 그리웠다. 이 세상 천지에 가족이라곤 나와 어머니뿐, 가까운 친척 하나 없었다. 나는 어머니가 없는 삶을 상상할 수도 없었다. 그리 심하지는 않다고 맥커디 아줌마는 말했었다. 중풍으로 쓰러졌지만, 너무 걱정할 정도는 아니라고 했었다. 그 빌어먹을 여편네가 사실을 곧이곧대로 말하지 않은 것이라면 그냥 두지 않을 거야, 정말로 그냥 두지 않을 거야.

우리는 한동안 말없이 달렸다. 기대했던 것만큼 차가 속도를 내지 않았다. 그 늙은이는 내내 시속 70킬로미터를 넘기지 않았고, 다만 자주 차선을 바꿀 뿐이었다. 그러나 그렇게 한참을 달리다 보니까 나는 그런대로 조바심을 덜 수 있었다.

우리 앞에 68번 도로가 나타났다. 그 도로는 십여 킬로미터나 펼쳐진 숲을 통과하면서, 나타났다가 조금 뒤에 등뒤로 사라지고 마는 작은 마을들을 반으로 갈라놓으며 나 있는 길이었다. 각각 술집과 셀프 서비스 주유소를 갖춰 놓은 그 마을들의 이름은 뉴샤론, 오필리아, 웨스트 오필리아, 가니스탄(한때는 이름이 아프가니스탄이었다. 믿어지지 않지만 사실이다.), 미캐닉 폴즈, 캐슬뷰, 캐슬록 등등이었다. 날이 저물어 가면서 환하게 빛나던 파란 하늘이 어두워지고 있었다. 늙은이는 먼저 차폭등을 켜고 다음엔 전조등을 켰다. 전조등이 하이빔이었지만 그는 전혀 알아차리지 못하는 것 같았다. 맞은편에서 달려오는 차들이 맞받아서 하이빔을 번쩍번쩍 비춰 대어도 그는 아는 척도 하지 않았다. 그가 말했다.

"우리 형수는 자기 이름도 못 기억해. 아주 간단한 걸 물어도 대답을 못하더라구. 앤더슨 병인가 뭔가 하는 그건 정말 지독해. 눈빛도 이상했어…… 꼭 여기서 나가게 해달라고 말하는 것 같단 말이야…… 하긴 그런 말을 할 줄이나 아는지도 모르겠지만."

나는 숨을 길게 들이쉬고, 차 안에서 나는 그 오줌 냄새가 그의 것일지, 아니면 그가 이따금 개를 데리고 탔던 것인지를 곰곰이 생각해 보았다. 그리고 조심스럽게 창문을 조금 내리면 그가 화를 낼 것인지도 생각해 보았다.

이윽고 나는 창문을 조금 내렸다. 그는 알아차리지 못한 것 같았고, 맞은편에서 달려오는 차들이 하이빔을 비추어 대는 것도 전혀 알아차리지 못했다.

7시 무렵에 우리는 웨스트 게이츠의 언덕길을 올라가고 있었는데, 그가 소리쳤다.

"저것 봐! 달이야! 멋지지 않아?"

정말로 멋진 달이었다. 거대한 오렌지색 공이 지평선 위로 떠오르고 있었다. 그런데도 거기엔 무언가 무시무시한 것이 숨어 있는 것 같았다. 임신을 한 것도 같고 병에 걸린 것도 같았다.

떠오르는 달을 쳐다보자 갑자기 한 가지 무서운 생각이 떠올랐다. 내가 병원에 도착했을 때 어머니가 나를 알아보지 못하면 어쩌나? 기억이 완전히 사라져서 자기 이름도 모르고, 간단한 걸 물어도 대답을 못한다면 어쩌나? 또 의사가 평생 동안 어머니 곁에 붙어서 돌봐 줄 사람이 있어야 한다고 말하면 어쩌나? 그렇다면, 이 세상 천지엔 어머니와 나뿐이므로, 당연히 내가 그 사람이 될 터인데……. 달리 방법이 없다. 대학이여 안녕. 친구들과 이웃들한테도 작별인사를 해야겠지?

"달을 보고 소원을 빌어봐!"

그가 소리쳤다. 흥분한 그의 목소리는 무척 날카로

워서 귀에 심하게 거슬렸다. 마치 잘게 깨어진 유리 조각들이 귀 안에 가득 채워지는 것 같았다. 그가 사타구니를 또 한 번 우악스럽게 움켜쥐었다. 그 안에서 무언가가 터지는 소리가 났다. 나는 어떻게 사람이 자기 사타구니를 그렇게 사납게 움켜쥐고도 불알이 성할 수 있는지가 몹시도 궁금했다.

"보름달한테 소원을 빌면 반드시 이루어진다고, 우리 아버지가 그러셨지!"

나는 병실에 들어섰을 때 제발 어머니가 나를 알아봐 주시길 빌었다. 얼른 눈을 뜨시고는 내 이름을 불러 주시기를 빌었다. 그렇게 빌고, 그 소원이 이루어지기를 또 빌었다. 그러나 병을 앓는 것 같은 오렌지색 달을 보고 빈 소원이 이루어질 리가 없다고 나는 생각했다.

그 늙은이가 말했다.

"아, 정말 마누라가 살아 있있으면 좋겠어. 그러면 용서를 빌 거야. 내가 해댔던 온갖 험한 말들을 다 잊어 달라고 빌 거야!"

20분 후, 아직도 하루 해의 빛이 어렴풋이 남아 있고 달도 아직 낮게 떠 있을 때에, 우리는 게이츠 폴즈에 도착했다. 68번 국도와 플레전트 스트리트가 교차하는 곳에 노란색 깜박이 신호등이 있었다. 거기에 닿기 직전에 늙은이는 길가로 차를 돌려서 오른쪽 바퀴를 인도에 걸치게 했다가는 다시 도로로 내려놓았다. 그 바람에 내 이가 덜그럭거렸다.

늙은이는 몹시 거칠고 사납게 흥분된 것 같은 눈빛으로 나를 쳐다보았다. 그 늙은이의 모든 것이 몹시 거칠고 사납다는 것을 그제야 나는 알아차렸다. 그 늙은이의 모든 것은 그야말로 잘게 부서진 유리조각 같은 느낌을 주었다. 그리고 그의 입에서 나오는 모든 소리는 거의가 탄성이었다.

"병원까지 모셔다 줄 거야! 주고말고! 형은 신경 쓸 거 없다구! 알아서 하겠지! 자, 말씀만 하세요!"

나는 어서 어머니에게로 가고 싶었지만, 오줌 썩는 냄새가 배어 있는 차를 타고 맞은편에서 달려오는 차들이 번쩍번쩍 비춰대는 하이빔을 맞으면서 또 한 20분을 더 가고 싶지는 않았다.

무엇보다도 그 늙은이 자체가 아주 싫었다. 연방 사타구니를 주무르는 꼴이며 거칠고 사납게 흥분된 그 목소리를 들으면서 20분을 더 간다는 것은 정말로 견딜 수가 없었다.

"아뇨, 됐습니다. 전 괜찮아요. 어서 형님한테 가보세요."

그리고 나는 문을 열었다. 문을 열었는데, 내가 걱정했던 일이 과연 벌어졌다. 그가 팔을 내뻗어서 큼직하고 갈퀴 같은 손으로 내 팔뚝을 움켜잡은 것이었다. 연방 사타구니를 주무르던 바로 그 손이었다.

"그저 말씀만 하시라니까!"

그가 말했다. 거칠게 쉰 목소리가 음험스러웠다. 그의 손가락들이 내 겨드랑이 바로 밑을 세게 누르고 있었다.

"병원 문앞까지 모셔다 드린다니까! 어휴! 자네하고 나하고 생전 첨 만나는 거지만, 그건 신경 쓸 거 없어요! 모셔다 드릴게…… 병원까지!"

"그러실 거 없습니다."

그리고 나는 갑자기 늙은이의 손을 뿌리치고 떼어내리고 싶은 심정을 꾹 참고 있었다. 필요하다면 그의 손아귀에 내 셔츠를 벗어 남겨주고도 싶었다. 지금 그는 말하자면 물에 빠져서 허우적거리는 꼴이나 마찬가지였다.

나는 내가 움직이면 그의 손아귀가 더욱 죄어질 것이고, 어쩌면 목덜미로 옮겨갈지도 모른다는 생각이 들었지만, 그는 그러지 않았다. 그의 손아귀에 힘이 풀리고, 내가 차 밖으로 다리를 내려놓자 슬그머니 물러나 버렸다.

그리고 까닭없이 공포에 질렸던 순간이 지나간 뒤에 흔히 그렇듯이, 대관절 내가 무엇을 그리도 두려워했던지가 의아스러웠다. 그는 단지 오줌 썩은 냄새가 나는 낡은 닷지 차를 모는 한 늙은 인생일 뿐이고, 제의를 했다가 거절당하자 실망스런 얼굴을 지어보인 것에 지나지 않을 뿐이며, 사타구니가 편안하지 못한 늙은이일 뿐이었다. 그런데 대체 나는 무엇 때문에 그렇게 무서워했던 거지?

"여기까지 태워 주신 것만도 감사한데요 뭘. 그리고 저는 저쪽으로 가는 게 나을 것 같아요."

나는 플레전트 스트리트 쪽을 가리키면서 말했다.

"금방 또 다른 차를 탈 수 있을 거예요."

그는 잠시 말이 없다가 한숨을 내쉬면서 고개를 끄덕였다.

"하긴, 그 쪽이 더 빠르지. 시내에서 벗어나서 기다

려야 해. 시내에선 아무도 태워주지 않을 거야. 본 척도 하지 않을 거라구."

그건 맞는 말이었다. 시내에서 히치하이킹이란, 게이츠 폴즈 같은 작은 도시에서도 어림도 없는 짓이었다. 그는 젊은 시절에 과연 히치하이킹을 많이도 해본 것 같았다.

"그렇지만, 정말 괜찮겠어? 수중에 든 새 한 마리가 더 낫다는 말도 있다구."

나는 다시 머뭇거렸다. 그것도 맞는 말이었다. 플레전트 스트리트는 깜박이 신호등이 있는 곳에서부터 서쪽으로 한 2킬로미터 떨어져 있고 거기서부터는 숲길로 한 20킬로미터쯤 릿지 로드가 이어지다가 루이스턴시 교외의 196번 국도에 도착한다.

이젠 거의 캄캄해졌고, 밤에는 남의 차를 얻어타기가 매우 어려운 편이다. 밤에 한적한 시골길에 서 있다가 환한 전조등이 확 비춰지면, 머리를 단정하게 빗고 셔츠 자락을 바지 속에 잘 넣었다고 해도 그 꼴이 꼭 어느 소년원에서 방금 도망나온 놈처럼 보이기가 십상이다.

그러나 나는 그 늙은이의 차는 더 이상 타고 싶지

가 않았다. 그에게서 벗어났는데도 아직 나는 그 늙은이에겐 무언가 섬뜩한 구석이 있다는 생각이 들었다.

"정말 괜찮습니다. 감사합니다."

"천만에, 천만에. 우리 마누라는……"

그가 말을 멈추었다. 그의 두 눈가에 눈물이 맺히는 게 보였다. 나는 다시 한 번 감사하다는 인사를 하고, 그가 또 무슨 말을 꺼내기 전에 얼른 문을 닫아버렸다.

그리고 급히 길을 건너갔다. 깜박이 신호등 불빛에 내 그림자가 어리었다가 지워지곤 했다. 한참을 걸어가다가 돌아서서 그 쪽을 쳐다보았다.

늙은이의 닷지가 아직도 그 자리에 서 있었다. 깜박이 신호등 불빛과 저만치 떨어진 가로등 불빛 속에서, 그 늙은이가 운전대에 윗몸을 기대고 엎드려 있는 걸 볼 수 있었다. 갑자기 그가 죽었으며, 도와주겠다는 제의를 거절함으로써 내가 그를 죽였다는 생각이 들었다.

그때 차 한 대가 모퉁이를 돌아 나와서 닷지를 향하여 하이빔을 비추었다. 그러자 닷지의 하이빔이 아래로 드리웠고, 그걸 보고서야 나는 늙은이가 아직 살아 있다는 걸 알았다.

잠시 후 닷지가 움직이더니 천천히 모퉁이를 돌아갔다.

나는 차가 보이지 않을 때까지 지켜보고 있다가 이윽고 고개를 들고 달을 쳐다보았다. 달은 이제 오렌지 색조를 잃어가고 있었으나, 아직도 무언가 불길한 낌새를 품고 있었다.

그제서야 나는 달을 보고 소원을 빈다는 얘기는 금시초문이라는 게 생각났다. 초저녁별을 보고 무얼 빈다는 얘기는 들었어도 달은 아니었다. 나는 다시 한 번 내 소원이 이루어지길 빌었다.

플레전트 스트리트를 걸어가면서 차가 지나갈 때마다 엄지손가락을 세워보였지만 차들은 속도도 늦추지 않고 획획 지나가 버렸다.

처음엔 도로 연변에 상점들과 주택들이 드문드문 있었지만, 한참을 가자 인도가 끝이 나고 길은 다시 숲속으로 굽어들었다.

도로가 자동차 불빛으로 환해지고 내 그림자를 길바닥에 드리울 때마다 뒤돌아서서 엄지손가락을 내밀고 얼굴에는 그저 선량해 보이는 미소를 지으려고 애를 썼다. 그러나 번번이 차들은 속도를 늦추지 않고 지나가 버렸다. 어느 운전사는 "정신 차려, 얼빠진 놈아!" 하고 소리를 치고는 껄걸 웃기도 했다.

나는 어둠을 무서워하지 않지만—혹은 그때엔 무

섭지가 않았지만—병원까지 데려다 주겠다는 그 늙은이의 제의를 거절한 것이 큰 실수였다고 하는 두려움이 들기 시작했다. '어머니 위독, 도와주세요'라고 써서 들고 있으면 어떨까 하는 생각도 해보았으나, 도움이 될 것 같지가 않았다. 그런 것쯤이야 정신병자도 얼마든지 쓸 수 있을 것이므로.

나는 터벅터벅 길을 걸었다. 자갈이 깔린 길턱을 따라 걸음을 옮길 때마다 먼지가 일어나고, 밤이 내리는 소리가 곳곳에서 들려왔다.

멀리서 개짖는 소리, 가까운 곳에서는 밤올빼미 울음소리, 어디선가 바람이 이는 소리. 달빛이 휘황한 밤하늘은 티없이 맑았지만, 이제는 키 큰 나무들에 가려서 달은 보이지 않았다.

게이츠 폴즈에서 멀어질수록 지나가는 차들이 드물어졌다. 시간이 갈수록 그 늙은이의 제의를 거절하기로 결심한 것이 어리석은 짓이었다 싶은 생각도 커졌다. 병상에 누워 있을 어머니의 모습이 떠오르기 시작했다.

닷지를 운전하던 늙은이의 날카로운 목소리와 오줌 냄새가 배어 있는 그의 차가 싫다는 이유 하나만으로 내가 지금 병원으로 달려가지 못하고 있다는 걸 까마득히 모르는 채 어머니는 지금 혼곤히 병상에 누워 있을 것이었다.

이윽고 가파른 언덕길을 올라가서 꼭대기에 이르자 나는 다시 달빛 속에 들어섰다. 오른쪽으로 숲이 지나가고 작은 시골 묘지가 나타났다.

창백한 달빛 속에서 묘지석들이 어렴풋이 보였다. 작고 검은 물체 하나가 어느 묘지석 곁에 쪼그리고 앉아서 나를 빤히 쳐다보고 있었다. 나는 그것이 무엇인지 궁금해서 한 걸음 다가가 보았다. 검은 물체가 움직이는데, 자세히 보니 산다람쥐였다. 그놈이 빨간 눈으로 나를 한 번 짓궂게 쏘아보고는 덤불 속으로 사라졌다.

갑자기 나는 지금 내가 몹시 지쳐 있다는 것을, 아니 실은 거의 쓰러질 지경이라는 것을 알아차렸다. 다섯 시간 전에 맥커디 아줌마의 전화를 받은 후로 나는 순전히 아드레날린의 힘으로 견뎌온 것이었는데, 이젠 그것이 바닥난 것이었다.

그나마 다행인 것은 몹시 흥분되어 아무 대책도 없이 다급하기만 했던 심정이 사라졌다는 점이었다. 적어도 당분간은 그러했다. 나는 선택을 한 것이었다. 68번 국도를 버리고 릿지 로드를 선택했고, 그것 때문에 당하는 이 고생을 갖고 자책할 필요는 없는 것이었다.

'지난 일은 잊어버리고 그저 즐겁게'라고 어머니는 가끔 말했었다. 어머니는 선문답 같은 금언을 많이도 알고 있었는데, 어느 하나도 말이 안되는 게 없었다. 말이 되건 되지 않건 간에, 바로 지금은 그 말이 나에게 크게 위로가 되었다. 내가 병원에 도착했을 때 어머니가 이미 돌아가셨다고 한다면, 나는 그 말로 위로를 삼아야 할 것이다.

그러나 아마도 어머니는 돌아가시지 않았을 것이다. 의사가 그리 심한 상태는 아니라고 했다고 맥커디 아줌마가 전했었다. 맥커디 아줌마는 또 어머니가 아직은 젊다고도 했다. 몇 년 새에 몸이 좀 불었고 담배를 너무 많이 피우는 게 문제지만, 아직은 젊은 나이라고 했다.

그러나저러나, 나는 아직도 이 황량한 시골길을 가고 있고, 갑자기 몸을 가눌 수가 없도록 피곤했다. 두 발이 마치 진흙탕에 빠진 것 같았다.

묘지에는 도로와 나란히 작은 돌담이 있고, 차 한 대가 드나들만하게 터진 곳이 있었다. 거기에 바퀴 자국이 나란히 나 있었다.

나는 돌담에 걸터앉아서 차바퀴 자국에다 발을 내려놓았다. 도로 양쪽 모두를 저 멀리까지 내다볼 수 있는 곳이었다. 루이스턴 시를 향해 서쪽으로 가는 헤드라이트가 다가오면 얼른 도로가로 가서 엄지손가락을 세워 보이면 될 것이었다. 나는 배낭을 무릎에 놓고 앉아서 두 다리에 힘이 다시 돌아오기를 기다렸다.

풀덤불 속에서 고운 밤안개가 피어오르고 있었다. 묘지의 세 면을 둘러친 나무들이 밤바람 속에서 서걱거렸다. 묘지 저 뒤편으로부터는 개울물 흐르는 소리가 들려오고 이따금 개구리가 우는 소리도 들렸다. 마치 낭만적인 서정시집의 삽화처럼 퍽 아름답고, 이상하게도 아늑한 기분이 드는 곳이었다.

길 양편으로 번갈아 고개를 돌려보았다. 그저 감감하기만 했다. 지평선 저 너머가 어렴풋이 밝아오지도 않았다. 배낭을 땅바닥에 내려놓고 일어서서 묘지 안으로 들어갔다. 머리타래 같은 것이 이마에 걸쳤다가 이내 바람에 날려갔다. 나는 땅바닥에 붙어서 무럭무럭 번져가는 안개 속으로 걸어갔다. 뒤쪽의 묘지석들은 낡았고, 더러는 쓰러져 있었다. 앞쪽에 있는 것들은 훨씬 새것이었다.

나는 두 손을 무릎에 짚고 허리를 구부려서 그 중 하나를 들여다보았다. 갓 시들기 시작하는 꽃들이 묘지석을 에워싸고 있었다. 달빛 속에서 묘지석에 새겨진 '조지 스토브(GEORGE STAUB)'라는 이름이 또렷이 보였다. 그 아래에는 조지 스토브가 이 세상을 살다가 간 짧은 인생이 적혀 있었다. 1977년 1월 19일-1998년 10월 12일. 갓 시들기 시작하는 꽃들이 거기에 놓여 있는 까닭을 알 만했다. 10월 12일은 바로 이틀 전이고, 1998년은 불과 2년 전이었다. 조지 스토브의 친구와 친척들이 아직 그를 잊지 않고 찾아왔던 것이었으리라.

이름과 날짜 밑에도 무언가가 적혀 있었다. 짤막한 묘비명이었다. 그걸 읽어보려고 몸을 더 수그렸는데—

—그만 나도 모르게 뒤로 주춤 물러났다. 갑자기 너무도 무서워지고, 지금 내가 달빛에 잠긴 묘지에

홀로 있다는 걸 퍼뜩 깨달았다.

Fun is Fun And Done is Done
(지난 일은 잊어버리고 그저 즐겁게)

이것이 묘비명이었다.

어머니가 돌아가셨고, 아마도 바로 그 순간에 숨을 거두셨을 것이고, 그리하여 그 무엇인가가 나에게 메시지를 보낸 것이었다. 턱없이 짓궂은 유머 감각을 가진 그 무엇인가가.

나는 도로 쪽으로 황망히 걸어나오기 시작했다. 나무를 흔드는 바람소리, 개울물 흐르는 소리, 개구리 우는 소리가 아련하고, 그러다 갑자기 또 다른 어떤 소리를 들은 것 같다는 느낌이 들면서 온몸이 오싹해졌다. 땅 속에서 풀뿌리들을 헤집으면서, 아직 다 죽지 않은 그 무엇인가의 손이 다가오는 것 같은, 그 손이 땅을 뚫고 솟구쳐서 내 발목을 덥석 잡으려고 하는 것 같은 소리—

두 발이 뒤엉기고 나는 그만 넘어졌다. 팔꿈치를 어느 묘지석에 찧고 머리는 그 곁의 묘지석을 간신히 피했다. 둔탁한 소리를 내며 나는 땅바닥에 뒤로 벌렁 넘어졌다. 달이 나뭇가지에 걸려 있었다. 이젠 오렌지색이 아니라 흰색이었다. 표백된 뼈처럼 새하얀 달이었다.

넘어지고 나자 무서움이 사라지고 오히려 머리가 맑아졌다. 방금 내가 보았던 것이 무엇인지를 알 수 없었다. 하지만 그건 내가 보았다고 '생각한' 것일 수도 없는 노릇이었다. 그런 것은 공포영화에서나 나올 법한 얘기일 뿐, 현실의 일일 수는 없는 것이었다.

머릿속에서 어떤 목소리가 말을 했다.

'맞아, 그럴 리가 없어. 그러나 네가 지금 여기서 이대로 걸어나가면 앞으로는 영영 그걸 믿으면서 살아야 할 거야. 평생토록 그게 사실이라고 믿게 될 거라구.'

"이런 제기랄."

나는 중얼거리면서 일어났다. 그리고 청바지 엉덩이께가 젖어서 살이 달라붙은 것을 떼냈다. 조지 스토브의 마지막 안식처를 표시해 놓은 묘지석이 있는 곳으로 다시 돌아가는 것이 쉽지는 않았으나 지레 겁을 먹었던 만큼 어렵지도 않았다.

나뭇가지 사이로 휘파람소리를 내며 부는 바람 소리가 계절이 바뀌어 가는 것을 알려주고 있었다. 그림자들이 주위에서 춤을 추었다. 숲에서는 가지들이 서로 살을 부벼대며 서걱거리는 소리가 들려왔다.

나는 묘지석 앞에 몸을 수그리고 다시 들여다보았다.

GEORGE STAUB

JANUARY 19, 1977-OCTOBER 12, 1998

Well Begun, Too Soon Done

(조지 스토브

1977년 1월 19일-1998년 10월 12일

시작은 좋았으나, 너무 일찍 끝나다)

나는 두 손으로 무릎을 짚은 채로 거기에 엉거주춤 서 있었다.

이윽고 숨이 가라앉기 시작하고서야 그때까지 내 가슴이 몹시도 빨리 뛰었다는 걸 알 수 있었다. 참으로 터무니없는 착각이었을 뿐, 그뿐이었다. 내가 그 이름과 날짜 밑에 적힌 그것을 잘못 읽은 것이 과연 그리도 놀라운 일이었을까? 몹시 지치지도 않고 스트레스가 그리 심하지 않았더라도 그걸 그렇게 잘못 읽었을 수도 있었을 것이다. 달빛이란 그렇게나 사람의 눈을 호리는 법이므로.

그런데도 그 전에 잘못 읽었던 그것이 생각 속에서 또렷했다.

'지난 일은 잊어버리고 그저 즐겁게.'

어머니가 돌아가신 것이다.

"제기랄."

나는 다시 한 번 내뱉고 뒤돌아섰다. 풀밭과 내 발목 주위를 감돌던 밤안개가 맑아지기 시작하는 걸 나는 그제서야 알아보았다. 그리고 멀리서 다가오는 자동차 소리가 들렸다.

나는 땅바닥에 놓아두었던 배낭을 집어들고 급히 길가로 나왔다. 자동차 불빛이 언덕 중간쯤을 올라오고 있었다. 굽이를 돌아온 헤드라이트 불빛이 나를 확 비추자마자 나는 엄지손가락을 세워서 내밀었다. 눈이 몹시 부셨다.

나는 그 운전자가 속도를 늦추기도 전에 이미 나를 태워줄 거란 걸 알았다. 터무니없는 말 같지만, 히치하이킹을 많이 해본 관록이 있는 사람이라면 그같은 직감이 오는 때가 더러 있는 법이다.

차가 내 앞을 지나치더니 브레이크 등이 켜지고 돌담 끄트머리께 길턱으로 머리를 돌렸다. 나는 뒤따라 뛰어갔다. 손에 든 배낭이 연방 옆무릎에 퉁겨졌다. 차는 무스탕, 60년대말이나 70년대초에 유행했던 차종이었다. 모터 소리가 매우 굵었고, 그 요란한 소리를 머플러가 고스란히 토해내었다. 아마도 다음번 차량 검사를 통과하지 못할 듯싶었지만……. 그러나 그건 내가 알 바가 아니었다.

나는 차문을 활짝 열고 올라탔다. 배낭을 다리 사이에 놓을 때 어떤 냄새가 확 풍겼다. 어쩐지 익숙한 것 같기도 하고 조금은 불쾌한 냄새였다.

"고맙습니다. 정말 고마워요."

운전석에 앉은 남자는 빛바랜 청바지와 팔을 잘라낸 검은 티셔츠를 입고 있었다. 피부가 검게 그을렀고, 근육이 우람하고, 오른쪽 팔의 알통 근처에는 하늘색 철조망 문신이 둘러져 있었다. 그리고 초록색 야구모자를 뒤로 돌려서 쓰고 있었다. 티셔츠의 둥근 목 근처에 뱃지가 달려 있었지만, 거기에 무엇이 씌어 있는지는 볼 수 없었다. 그가 말했다.

"어서 오세요. 시내로 가십니까?"

"예."

그 인근에서 시내라면 곧 루이스턴 시를 말하는 것이었다. 포틀랜드 시 북쪽 일대에서 도시라고 할 만한 곳은 그곳뿐이었다. 문을 닫으면서 백미러에 솔향기 방향제가 걸려 있는 걸 보았다. 처음에 맡았던 냄새가 바로 그것이었다. 냄새를 두고 말한다면 오늘밤에 나는 아주 운이 나쁜 듯싶었다. 처음엔 오줌 썩은 냄새더니 이제는 또 인공 솔향기였다. 하여간에 나는 마침내 차를 얻어 탔고, 이제는 마음을 놓아도 되는 것이다.

구식 무스탕이 우렁찬 소리를 내면서 다시 달려나가기 시작하자 나는 이제는 다 됐다고 생각하면서 마음을 달랬다.

운전자가 물었다.

"시내에 무슨 볼일이 있는가 보죠?"

보아하니 그는 나이가 나하고 비슷하고, 인근 소도시의 어느 직업기술 학교에 다니거나, 그 지역 일대에 아직 몇 군데 남아 있는 방직공장에 다니는 도시

아이 같았다.

그는 아마 시간만 나면 이 무스탕을 손보리라 싶었다. 도시 아이들은 대개 할 일이 없으면 맥주를 마시고, 이상한 담배를 피우고, 자동차를, 혹은 오토바이를 만지작거리는 게 버릇이므로.

"형이 결혼해요. 나보고 들러리를 해달래요."

미리 작정을 해둔 것도 아닌데 나는 그렇게 거짓말을 했다. 까닭을 알 수는 없었지만, 나는 어머니의 일을 그가 알게 하고 싶지가 않았다.

그러나 무언가가 찜찜했다. 그것이 무엇인지 혹은 도대체 왜 그런 생각이 드는지는 알 수 없었지만, 하여간에 무언가가 잘못되고 있는 것 같았다.

"내일 연습을 해요. 내일 밤엔 신랑 친구들 파티가 있고요."

"그래? 정말이야?"

그가 내게로 고개를 돌렸다. 둥근 두 눈이 크고 잘생긴 얼굴, 두툼한 입술에 가벼운 미소를 머금고 있었다. 그러나 그 눈빛은 무언가를 미심쩍어 하는 것 같았다.

"예."

나는 겁이 났다. 아까와 꼭같이 또다시 무서워지기 시작했다. 무언가가 잘못되고 있었다.

닷지 차의 그 늙은이가 나를 보고 초저녁별이 아니라 달을 보고 소원을 빌어보라고 했던 그때부터 무언가가 잘못되기 시작했는지도 모른다. 혹은 아파트에서 수화기를 들고 나쁜 소식이 있지만 너무 걱정할 것은 없다던 맥커디 아줌마의 목소리를 들은 그 순간부터.

"경사났군."

야구모자를 돌려 쓴 운전자가 말했다.

"형이 결혼을 한다면 경사지. 우리 인사나 합시다."

나는 단지 무서운 정도가 아니었다. 나는 아주 공포에 떨고 있었다. 모든 것이 잘못되어 가고 있었다. 모든 것이. 그러나 그 까닭을 알 수 없었고, 어떻게 그리도 순식간에 일이 그렇게 될 수 있는지도 알 수 없었다. 그러나 한 가지만은 분명히 알 수 있었다. 내가 무슨 일로 루이스턴에 가는지를 그에게 알려주고 싶지 않은 것보다 훨씬 더, 내 이름을 알게 해주고 싶지 않다는 것이었다.

갑자기 나는 다시는 루이스턴을 보지 못할 것이라는 생각이 확 들었다. 그건 그 차가 결국엔 멈출 것이라는 사실만큼이나 확실했다. 그리고 그 냄새, 나는 그것에 대해서도 무언가를 이미 알고 있었다. 그건 방향제 냄새가 아니었다. 그건 방향제에 가려진 그 어떤 냄새였다.

"헥터."

나는 룸메이트의 이름을 말해 주었다.

"헥터 패스모어라고 합니다."

그새 입안이 바짝 말랐지만 말은 그런대로 부드럽고 침착하게 나왔다. 천만다행이었다. 일이 잘못되어 가고 있다는 걸 내가 벌써 감지했다는 사실을 그가 눈치채게 해서는 안된다고, 내 몸 안 어디엔가에서 그 무엇인가가 다그치고 있었다. 그것만이 나의 하나뿐인 기회라고.

그가 내 쪽으로 고개를 조금 돌렸다. 그 틈에 뱃지에 쓰인 것을 읽을 수 있었다. I RODE THE BULLET AT THRILL VILLAGE (나는 스릴 빌리지에서 총알차를 탔다). 거긴 나도 아는 곳, 한 번 가본 적이 있는 곳이었다.

스티븐 킹 인터넷 소설

그제서야 나는 그의 팔에 하늘색 철조망 문신이 둘러쳐진 것처럼, 그의 목덜미에도 굵직하고 검은 줄이 둘러쳐져 있는 걸 보았다. 그런데 목덜미에 둘러쳐진 그것은 문신이 아니었다. 거기에 검은 선들이 수직으로 짧고 촘촘하게 그어져 있었다. 그것은 필시 그의 머리를 몸에다가 봉합한 바늘자국이었다.

"만나서 반가워, 헥터. 나는 조지 스토브라고 해."

그리고 악수를 하는데, 마치 꿈속에서처럼 나의 손이 허공으로 떠오르는 것 같았다. 나는 그것이 제발 꿈이기를 빌었으나, 물론 꿈이 아니었다. 모든 것이 아프도록 또렷한 생시일 뿐이었다. 겉으로 드러난 냄새는 솔향기였다. 그러나 그 밑에 가려진 냄새는 어떤 화학물질, 아마도 포름알데히드이리라. 나는 죽은 자의 차를 타고 있는 것이었다.

창백한 달빛 속에서 하이빔을 켠 채로 무스탕은 시속 100킬로미터쯤으로 릿지 로드를 달려갔다. 양쪽으로 길을 에워싼 나무들이 바람 속에서 몸을 뒤틀며 춤을 추었다. 조지 스토브가 그 휑한 두 눈에 미소를 머금고 나를 쳐다보았다. 그가 내 손을 놓아주고 운전에 집중했다. 고등학교 때 읽은 『드라큘라』의 한 구절이 내 머리 속에서 마치 종소리처럼 울렸다. '죽은 자는 과속을 한다' 라는.

'내가 알고 있다는 걸 눈치채게 해선 안돼.'

이 말도 머릿속에서 종소리처럼 울렸다. 대단한 것도 아니지만, 지금 내가 할 수 있는 건 그것뿐이었다.

'눈치채게 해선 안돼, 절대로 안돼, 안돼.'

그 늙은이는 지금쯤 어디에 있을지가 궁금했다. 형

의 집에 도착했을까? 아니면 그 늙은이도 처음부터 한패였을까? 한패여서 그 낡은 낫지를 타고 바로 뒤를 따라오고 있을까? 운전대 위로 등을 구부린 채로 연방 사타구니를 주무르고 있을까? 그 늙은이도 죽은 자일까?

아마도 아닐 것이다. 『드라큘라』를 쓴 브램 스토커에 의할 것 같으면, 죽은 자는 과속을 한다지 않았는가? 그러나 그 늙은이는 75킬로미터 이상은 한 눈금도 안 넘기지 않았던가?

그 생각을 하자 엉뚱한 웃음이 목구멍 저 안쪽에서 나오려고 했지만 간신히 참았다. 내가 웃으면 그가 눈치를 챌 것이므로. 그가 눈치를 채게 해서는 안되므로. 그것만이 나의 하나뿐인 기회이므로.

그가 말했다.

"인생에서 결혼만한 건 없지."

"맞아요. 그러니까 직이도 두 번은 해봐야겠죠."

내 두 손이 깍지를 끼고 있었다. 손톱들이 손등을 파고들었지만, 먼 어느 나라의 뉴스처럼 그 아픔이 아련할 뿐이었다. 그가 눈치를 채게 해서는 안된다는 것, 중요한 건 오직 그것뿐이었다.

총알차 타기

사방이 숲이고, 빛이라곤 표백된 뼈처럼 창백한 달뿐이었다. 지금 나에게 중요한 것은 그가 죽은 자라는 사실을 내가 알고 있다는 것을 눈치채게 해서는 안된다는 것이었다.

그는 유령이 아니기 때문에. 유령이라면 오히려 덜 무서울 것이다. 유령도 사람의 눈에 보인다지만, 히치하이커를 태우려고 차를 세우는 이 괴물은 도대체 정체가 무엇일까? 강시? 땅귀신? 흡혈귀? 그 어느 것도 아닌 다른 무엇?

조지 스토브가 웃었다.

"두 번이라! 하긴 그렇지, 우리 집 식구들도 다 그랬지."

"우리 집도 그래요."

내 목소리가 사뭇 침착했다. 차를 태워준 운전자에게 그저 고맙다는 뜻으로 듣기 좋은 말을 일부러 해주는 히치하이커다운 목소리였다.

"인생에서 죽음만한 것은 없지요."

"결혼⋯⋯."

그가 부드럽게 말했다. 계기판의 불빛에 비친 그의 얼굴이 번들번들 빛났다. 아직 염을 하지 않은 시체의 얼굴이었다. 챙을 뒤로 돌려서 쓴 야구모자가 특히 무시무시해 보였다. 그 아래에 남아 있는 것이 얼마일 것인지가 궁금했다. 장의사들은 시체의 정수리를 톱으로 도려내어 뇌를 꺼내고 거기에 화학약품을 적신 솜을 채워넣는다고 하는 얘기를 어디선가 읽은 적이 있었다. 아마도, 얼굴이 함몰되지 않도록……

"아, 예, 결혼 말이죠."

나는 굳어버린 입으로 말을 하고, 조금 웃기까지 했다.

"말이 헛나왔네요."

"헛나온 말이 실은 진짜로 하려고 했던 말이지, 난 그렇게 생각해."

그가 말했다. 그는 여전히 미소를 짓고 있었다.

맞는 말이었다. 프로이트도 그렇게 생각했다. 나는 그의 심리학 저술에서 그런 걸 읽은 적이 있었다. 그러나 그 친구는 프로이트에 관해서 많이 알 것 같지는 않았다. 팔 없는 티셔츠를 입거나 야구모자의 챙을 뒤로 돌려서 쓴 자가 프로이트를 알 리 없다는 생각이 들었다. 프로이트 류의 학자들 중에서 그런 사람을 본 적이 없으므로. 하여간 그의 말은 맞는 말이었다. 죽음이라고, 나는 그렇게 말했었다. 세상에, 죽음이라고!

그제서야 나는 그가 나를 희롱하고 있다는 생각이 들었다. 나는 그가 죽은 자라는 사실을 알고 있지만, 그 사실을 그가 눈치 채게 해선 안된다고 마음먹고 있었다. 그런데 이제 보니까 그자는 나의 그 마음을 다 알고 있다는 걸 내가 알지 못하게 하려는 것이었다. 그러므로 나는 더욱 그가 내 마음을 알고 있다는 걸 나도 이미 안다는 걸 눈치 채게 할 수 없는 …….

내 앞에서 세상이 흔들리기 시작했다. 그리고 이내 빙글빙글 돌기 시작하고, 소용돌이를 쳤다. 내 눈엔 아무것도 보이지 않았다. 나는 잠시 눈을 감았다. 그 캄캄한 속에 하얀 달의 잔상이 떠 있었다. 그 달이 초록색으로 변해갔다.

"왜 그래? 괜찮아?"

그가 물었다. 그 목소리가 몹시 끈적끈적했다.

"예."

대답을 하고 나는 눈을 떴다. 모든 것이 다시 확고해졌다. 깍지를 끼어서 손톱이 파고드는 손등의 아픔이 매우 강하고 또렷했다. 그리고 냄새. 그건 솔향기 방향제가 아닐 뿐만이 아니라 화학약품의 냄새도 아니었다. 그것은 또한 흙냄새이기도 했다.

"정말 괜찮아?"

그가 물었다.

"조금 피곤하네요. 히치하이킹을 오래 했는데도 차멀미가 날 때가 더러 있어요."

그때 갑자기 한 생각이 퍼뜩 떠올랐다.

"미안하지만 지금 내려주시면 안될까요? 맑은 공기를 쐬면 속이 좀 편해질 거 같거든요. 곧 다른 차가 올 거고―"

"그건 안돼."

그가 말했다.

"여기서 내린다고? 그럴 순 없지. 한 시간은 기다려야 다른 차가 올 거고, 온다고 해도 꼭 태워준다는 보장도 없어. 내가 데려다 줄 거야. 왜 그런 노래도 있잖아? 시간에 늦지 않게 날 교회에 데려다 줘요, 응? 여기서 내리게 할 순 없어. 문을 조금 열어봐, 그럼 나아질 거야. 냄새가 좋지 않다는 건 나도 알아. 방향제를 달아놨지만 소용이 없더라구. 게다가 특히 잘 없어지지 않는 냄새가 있단 말이야."

창을 열어서 맑은 공기가 들어오게 하고는 싶었으나, 팔의 근육에 힘이 들어가 줄 것 같지가 않았다. 나는 그저 손톱이 손등살을 파고드는 아픔을 참으면서 앉아 있을 수밖엔 없었다. 어느 근육은 전혀 힘을 쓸 수가 없고, 또 어느 근육은 도무지 힘을 뺄 수가 없는 것이었다. 참으로 웃지 못할 노릇이 아닐 수 없었다.

그가 말했다.

"내가 좋아하는 이야기가 있지. 단돈 750달러에 새 것이나 마찬가지인 캐딜락을 샀다는 소년 이야기야. 당신도 들어봤겠지?"

"예."

나는 얼얼한 입으로 겨우 대답했다. 나는 그 얘기를 몰랐지만, 지금 거기서 그걸 듣고 싶지가 않았다. 그 사내의 입에서 나오는 얘기라면 그 어떤 것도 듣고 싶지 않았다.

"유명한 이야기죠."

길바닥이 마치 오래된 흑백영화에서 본 것처럼 연달아 우리를 덮쳐왔다.

"맞아, 더럽게 유명한 이야기지. 어린애가 차를 사

려고 보러 다니는데, 어느 집 마당에 세워놓은 캐딜락을 발견했지. 거의 새차나 마찬가지였어."

"내 말은 그게 아니고—"

"그리고 창문에 '급매'라고 쓴 딱지가 붙어 있었더란 말이야."

그의 귓바퀴에 담배 한 개비가 걸쳐 있었다. 그걸 집으려고 그가 손을 들었을 때 셔츠 앞자락이 조금 위로 올라가서 아랫배가 드러났다. 거기에도 잔뜩 쪼그라든 검은 띠가 있고, 바늘자국들이 있었다. 그가 라이터를 누르려고 몸을 수그리자 셔츠자락이 그걸 덮었다.

"그 녀석은 자기가 가진 돈으로는 그 차를 살 수 없다는 걸 알면서도 몹시 구미가 당겼어. 그래서 마침 세차를 하고 있던 주인한테 다가가서 물었어. '얼마면 이 차를 살 수 있나요?' 그러자 주인이 호스를 잠그고 대답했지. '얘, 너 오늘 아주 운이 좋구나. 750달러만 내면 당장 끌고 가도 돼.'"

라이터가 튀어나왔다. 스토브가 그걸 뽑아서 입에 문 담배 끝에 대었다. 그리고 연기를 내뿜자, 목에 난 바늘자국들 사이에서도 가느다란 덩굴손처럼 연기가 새어나왔다.

"아이가 운전석 쪽 창문으로 들여다보니까 주행거리가 고작 2만 5천 킬로미터도 안되는 거야. 입을 딱 벌린 아이한테 주인이 말했지. '이봐, 침만 흘리지 말고 돈이나 내놔 봐. 수표도 괜찮아. 얼굴이 착하게 생겼으니까.' 그러니까 아이가—"

나는 차창 밖을 보고 있었다. 듣고 보니까 들은 적이 있는 이야기였다. 중학교 때였던 것 같았다. 다만 내가 들었던 그 이야기에서는 차가 캐딜락이 아니고 선더버드였을 뿐, 나머지는 다 똑같았다. 그 아이가 말한다. '나는 열일곱 살밖에 먹지 않았지만 바보는 아니에요. 이렇게 좋은 차를, 그것도 주행거리가 얼마 되지도 않는 차를 고작 750달러에 팔 사람은 없을 거라구요.' 그러자 주인은 그렇게 싼 값에 차를 팔려는 까닭을 설명한다. 차에서 냄새가 나는데 도무지 없앨 수가 없었기 때문이라고. 갖은 방법을 다 써봤지만 없앨 수가 없더라고. 출장을 갔었는데, 무척 오래 집을 떠나 있었는데—

"—두어 주일이나 걸렸지."

그 사내가 말하고 있었다. 그는 참으로 무시무시한

농담을 태연하게 하는 냉혈한처럼 징그러운 미소를 짓고 있었다.

"그런데 집에 돌아와 보니까 아내가 죽어 있더라는 거야. 차고에 넣어둔 차 안에서 말이지. 아마도 그가 집을 떠난 그 날부터 죽어 있었던 것 같았대. 자살인지 심장마빈지, 사인이 뭐라고 했는지는 기억이 나지 않는데, 하여간에 시체가 퉁퉁 부어 있었어. 차 안에 시체 썩은 냄새가 가득했고, 그래서 차를 팔아 버리기로 했다는 거야."

그가 웃었다.

"정말 희한한 이야기지, 안 그래?"

"집에 전화 한 번 안했대요?"

내 입이 나도 모르게 말을 했다. 내 머리 속은 완전히 얼어붙은 지 오래였다.

"2주일 동안이나 집을 떠나 있었는데, 아내가 어떻게 지내는지 전화 한 통 해보지 않았다고요?"

"그런 건 상관없어. 중요한 건 말이야, 그 녀석이 엄청난 횡재를 만났다는 것이야. 그만한 조건이라면 누가 마음이 동하지 않겠냐구. 냄새? 그거야 늘 창문을 열고 다니면 되지 않겠어? 하여간에 이건 어디까

지나 이야기일 뿐이야. 지어낸 이야기지. 내 차에서도 냄새가 나기 때문에 내가 그냥 한 번 해본 얘기라구."

잠잠. 그리고 나는 생각했다.

'이자는 내 입에서 무슨 말이 나오길 기다리는 거야. 내가 이 이야기를 끝내주기를 기다리는 거라구.'

나도 그러고 싶었다. 그러나…… 그 다음엔? 그 다음엔 또 무얼 들고 나올 것인지?

그가 엄지손가락 등으로 셔츠 목에 달린 버튼을 문질렀다. '나는 스릴 빌리지에서 총알차를 탔다.'라고 쓰인 그것을. 손톱 밑에 새카만 때가 잔뜩 끼어 있다. 그가 말했다.

"오늘 여길 갔었지. 스릴 빌리지 말이야. 우리 사장이 하루 무료 입장권을 주더라구. 그래서 애인하고 같이 가기로 했는데, 아프다고 전화가 왔지 뭐야. 뭐라더라, 요새는 월경 때만 되면 강아지 새끼처럼 아프다나?"

그는 마치 개가 짖듯이 아주 메마른 소리로 한 번 웃었다.

"그러니 어쩌겠어? 할 수 없이 혼자 갔지. 무료 입

장권을 그냥 버릴 수는 없잖아? 당신, 스릴 빌리지에 가봤어?"

"예, 열두 살 때 한 번 가봤어요."

"누구하고? 혼자 가진 않았겠지. 그렇지? 겨우 열두 살짜리가 혼자 가진 않았을 거야."

내가 그것까지는 얘기하지 않았었다. 그런데 그는 이미 알고 있는 것이었다. 그는 지금 나를 가지고 노는 것이었다. 이리 치고 저리 치며 천천히 갖고 노는 것이었다. 나는 당장 문을 열고 어둠 속으로 굴러내려서 두 팔로 머리를 죽어라고 감싸고 나뒹굴어 버릴까 생각했다.

그러나 그가 먼저 팔을 뻗어서 나를 붙들어 버리리라는 걸 이미 알고 있었다. 게다가 두 팔을 들어올릴 수도 없었다. 나는 고작 두 손을 깍지 낀 채 앉아만 있을 수밖엔 달리 도리가 없었다.

"그래요. 아빠하고 같이 갔어요. 아빠가 데리고 갔었어요."

"총알차 타봤어? 난 네 번이나 탔어. 완전히 뒤집혀서 달리더라구!"

그가 나를 힐끔 쳐다보고는 또다시 짖듯이 메마르

총알차 타기

게 웃었다. 달빛이 그의 두 눈동자 안에서 춤을 췄다. 눈동자가 하얀 동그라미가 되었다. 마치 석고상의 눈알 같았다. 그리고 나는 그가 단지 죽은 것만이 아니라는 걸 알아차렸다. 그는 미친 자였다.

"그거 타 봤어, 앨런?"

나는 그건 내 이름이 아니라고, 내 이름은 헥터라고 말해주고 싶었다. 하지만 그게 소용이 있을 것인가? 우리는 이제 갈데까지 거의 다 가고 있는 것이었다.

"예."

나는 기어들어가는 소리로 대답을 했다. 이제는 사방에 빛이라곤 달빛뿐이었다. 서커스단의 무용수들처럼 몸을 뒤틀면서 나무들이 휙휙 곁을 지나갔다. 길바닥도 차 아래로 정신없이 지나갔다. 나는 속도계를 힐끔 쳐다보았다. 그는 시속 120킬로미터를 훨씬 넘게 달리고 있었다.

지금 우리는 그야말로 총알차를 타고 있었다. '죽은 자는 과속을 한다' 라는 말은 과연 옳았던 것이다.

"예, 총알차 타봤어요."

"아니야."

그가 말했다. 그가 담배를 길게 빨았다. 목덜미의 바늘자국들에서 가느다랗게 연기가 새어나오는 걸 나는 또 보았다.

"아니야. 타지 않았어. 아빠하고는 더욱 아니었지. 그래, 줄을 서긴 했지. 하지만 아빠가 아니라 엄마하고 같이 갔어. 줄이 길었지. 총알차 뒤에는 늘 줄이 길고, 네 엄마는 뜨거운 햇빛 속에 서 있는 게 싫었지. 그때도 몸이 뚱뚱했으니까 더워서 견딜 수가 없었던 거야. 그런데도 넌 엄마를 졸라댔지. 조르고 조르고 또 졸랐지. 그런데 아주 웃기게 됐지 뭐야. 드디어 네 차례가 됐을 때, 넌 그만 겁에 질려 버렸단 말이야. 맞지?"

나는 말을 할 수 없었다. 혀가 말라서 입천장에 붙어비린 것 같았다.

계기판의 불빛 속에서 누렇게 보이고 손톱엔 때가 잔뜩 낀 그의 손이 슬그머니 다가와서 깍지를 낀 내 두 손을 잡았다. 내 두 손의 힘은 모두 **빠져** 버려 마치 마술사의 지팡이가 닿자 스르르 풀려 버리는 매듭처럼 풀어졌다. 그의 손은 차갑고 살갗은 마치 뱀가죽처럼 미끈거렸다.

"그랬지?"

"예."

나는 간신히 새어나오는 소리 이상은 낼 수가 없었다.

"가까이 가보니까 너무 그게 높아 보였어요……. 꼭대기에서 차가 뒤집힐 때는 사람들이 비명을 지르고…… 난 겁이 났어요. 엄마가 화를 내시고 날 때렸어요. 집으로 돌아오는 동안에 나한테 한 마디도 하지 않았고요. 난 총알차를 아직 한 번도 못 타봤어요."

물론 지금, 바로 지금은 그걸 타고 있지만.

"딱한 노릇이군. 그게 최고야. 정말 타볼 만한 거지. 그것보다 더 신나는 건 없단 말이야. 적어도 거기서는 그래. 나는 거기서 돌아오는 길에 주경계에 있는 가게에서 맥주를 사마셨어. 그 계집애 집에 들러서 이걸 줄 작정이었지, 곯려 주려고 말이야."

그는 목에 달린 뱃지를 손가락으로 톡톡 두드리고, 창문을 내리고 세찬 바람 속에다가 담배를 튕겨 버렸다.

"그 다음엔 어떻게 됐는지 말 안 해도 알겠지."

물론 나는 알고 있었다. 귀신 이야기라는 건 늘 그렇듯 뻔한 게 아니겠는가? 그 후에 그의 무스탕이 무얼 들이받고 뒹굴었고, 경찰이 현장에 도착했을 때 그는 찌그러진 차 안에서 죽어 있었다. 몸은 운전석에 그대로 있지만 머리는 날아가서 뒷좌석에 떨어져 있었으며, 그 바람에 야구모자의 챙이 뒤로 돌아갔고, 죽었지만 감기지 않은 두 눈동자가 천장을 빤히 쳐다보고 있었으리라.

  그리고 보름달이 환하고 휘이잉—바람이 불 때에, 릿지 로드에서 그를 만난 이후의 이야기는 다시 되풀이할 게 없을 터이다.

  그가 웃으면서 말했다.

  "죽음만한 건 없다, 넌 그렇게 말했어. 너 묘지에서 넘어졌지, 앨런? 틀림없어. 발이 꼬여서 넘어졌어."

  "내려줘요, 부탁이에요."

  나는 기어들어가는 소리로 말했다.

  그가 내게로 고개를 돌리고 말했다.

  "우린 그 묘지 얘기를 해야 해, 안 그래? 너 내가 누군지 알지, 앨런?"

  "당신은 귀신이에요."

내가 대답했다.

그가 코웃음을 한 번 쳤다. 그리고 속도계의 희미한 불빛에 비쳐서 그의 양 입꼬리가 위로 뒤집히는 게 보였다.

"이봐, 말을 그렇게밖에 못하겠어? 내가 귀신이라고? 내가 지금 공중에 떠 있어? 내 속이 들여다보여?"

그가 내 눈앞에다가 한 손을 쳐들어 대고는 쥐었다 폈다 했다. 그 손의 근육이 삐거덕거리는 소리가 들렸다.

나는 무어라 말하려고 애를 썼다. 그러나 그것이 무엇인지는 알 수 없었고, 내 입에선 아무 말도 나오지 않았으므로 설령 그것을 안다 해도 아무 소용이 없었다.

"난 메신저 같은 것이야. 무덤 속에서 나온 특별 배달부란 말이야. 나 같은 사람들은 분위기만 좋으면 자주자주 나오지. 내가 무슨 생각을 하고 있는지 알지? 난 말이야, 이 세상을 움직이는 자가 누구이건, 그게 신이건 무슨 개뼉다귀 같은 것이건 간에 말이야, 우리가 가끔 즐겁게 해주면 아주 좋아할 거라고 생각해. 그 자는 늘 네가 이미 가진 것을 잘 갖고 있는지를 보고 싶어해. 또는 네가 어떤 비밀스러운 짓을 하도록 꾈 수 있는지를 알고 싶어해. 단지 그러자면 조건이 다 맞아떨어져야 하지. 오늘밤엔 그랬어. 네가 혼자 나왔고…… 어머니가 쓰러져서 누웠고…… 그래서 차를 급히 얻어 타야 했고……."

"그 늙은이 말을 들었더라면 이런 일은 일어나지 않았을 거예요."

내가 말했다. 이제 나는 스토브의 냄새를 또렷하게 맡을 수 있었다. 코를 찌르는 화학약품 냄새에 썩어가는 살 냄새가 섞여 있었고, 내가 이제까지 어떻게 그걸 맡지 못했던지, 혹은 다른 어떤 냄새로 착각을 했던지가 몹시도 의아스러웠다.

"꼭 그렇다고 할 수는 없어."

스토브가 대답했다.

"어쩌면 그 늙은이도 죽은 자인지도 모르거든."

나는 그 늙은이의 찢어지는 듯한 목소리와 연방 사타구니를 주무르던 꼴을 생각해 보았다. 아니다, 그는 죽은 자가 분명 아니었다. 그리고 나는 그의 낡은 닷지에서 풍기는 오줌 썩은 냄새 때문에 그것보다 훨씬 더 나쁜 것한테 걸리고 만 것이었다.

"하여간에 우린 지금 그런 얘기나 하고 있을 시간이 없어. 앞으로 7킬로미터를 더 가면 집들이 나타나기 시작할 거야. 10킬로미터쯤을 더 가면 루이스턴 시 외곽에 도착한단 말이야. 그러니까 넌 이제 결정을 해야 할 때가 된 거야."

"결정? 무얼 결정한다는 거예요?"

하지만 나는 이미 그게 무언지 알고 있었다.

"총알차를 누가 탈 것인지, 누가 밑에서 기다릴 것인지. 너냐, 네 엄마냐?"

그가 고개를 돌려서 나를 쳐다보았다. 두 눈동자에 달빛이 흥건히 괴어 있었다. 그의 미소가 온 얼굴에 번질 때 나는 그의 이가 하나도 없는 걸 보았다. 그가 운전대를 두드렸다.

"나는 둘 중에 하나를 데리고 갈 거야. 그런데 네가 지금 내 곁에 있으니까 그 결정을 네가 하라는 것이야. 어떻게 할 거야?"

나는 어머니와 함께 살아온 지난 시절들을 생각해 보았다. 이 세상 천지에 앨런 파커라는 아들과 진 파커라는 어머니 단 둘이서 살아 왔던 그 모든 날들을.

좋았던 때도 많았지만 정말 나빴던 때가 더욱 또렷하게 기억났다.

덕지덕지 기운 바지며, 먹다 남은 걸 한 냄비에 쓸어넣어서 끓인 저녁밥. 다른 집 아이들은 거의 누구나가 뜨뜻한 점심을 사먹지만, 나는 늘 땅콩버터 샌드위치 아니면 묵은 빵에다가 볼로냐 치즈를 바른 걸 먹었지. 거지가 부자 된다는 이야기에 나오는 어린애처럼.

두 식구가 먹고 살려고 어머니께서 허드렛일을 했던 레스토랑이나 칵테일 라운지가 도대체 몇 군데나 되는지는 하느님이나 아실 일.

어쩌다가 일을 쉬는 날에 결식아동 구호단체 사람이 집을 찾아왔을 때, 어머니는 평소에 가장 아끼던 옷을 차려입고 나에게도 그나마 가장 번듯한 옷을 차려 입혀서 부엌 흔들의자에 앉혀 놓았었다. 무릎에다가 종이를 놓고 손에는 반짝이는 연필을 들고 뭘 긁적거리는 열한 살짜리 나보다도 아는 것이 적을 만큼 무식쟁이였던 어머니는 그러나 턱없이 모욕스럽고 사람을 당황하게 하는 질문을 당하고서도 입가에 억지로 미소를 짓고 또 커피까지 더 권해가면서 정성을 다해서 대답했었다. 그 자가 서류를 어떻게 꾸미느냐에 따라서 한 달에 50달러를 더 받느냐 못 받느냐가 달려 있다는 걸 어머니가 모를 리가 없었던 것이다. 그건 참으로 엄청나게 큰 돈이었다.

그 사람이 가고 난 뒤 어머니는 침대에 엎드려서 서럽게 우셨고, 내가 곁에 다가가면 어머니는 억지로 미소를 지으려고 애를 쓰셨다. 애를 쓰시면서, 결식 아동 구호단체에서 나온 그 자는 대가리 속에 든 것이라곤 똥덩이뿐이라고 말하셨어. 내가 웃고 어머니도 따라 웃었지.

어차피 인생이란 건 웃으면서 살아야 하는 것이니까. 그걸 우리는 일찌감치 깨달았으니까. 이 세상 천지에 어린 자식과 몸이 몹시 뚱뚱하고 줄담배를 줄창 피워대는 어머니뿐인 외로운 처지에서는, 곧 미쳐버리지 않거나 주먹으로 벽을 치지 않고서도 살아갈 수 있는 방도라고는 그저 웃는 것뿐이라는 것을.

그러나 이유가 비단 그것만은 아니었다. 우리 같은 사람들에게는, 상자 속에 갇힌 생쥐처럼 이 세상을 아등바등 살아가야 하는 사람들에게는, 참으로 더러운 인간들에게 복수를 할 길이라고는 그저 웃어 버리는 것밖엔 없는 경우가 더러 있는 것이다. 어머니는 온갖 힘든 일이며 잔업까지도 마다하지 않고 부은 발목에다 반창고를 붙여가며 일을 하셨고, 어쩌다가 팁이라도 받으면 '앨런의 대학 입학금' 이라고 써붙인 항아리에다가 한 푼 남김없이 넣으셨다. 거지가 마침내 부자 되었다는 이야기에서처럼.

그리고 어머니는 늘 나를 보고 말하셨다. 공부를 열심히 해야 한다고, 살 길은 그것뿐이라고. 다른 집 아이들이 돈이 드는 그 무슨 신나는 놀이를 하더라도 너는 그럴 수가 없다고. 마침내 그 때가 올 때까지 푼 돈 한 잎도 다 모아야 하기 때문에, 그러고도 모자랄 것이기 때문에.

대학에 들어간다 하더라도 장학금이며 학자금 대출을 받아야 할 터이고, 너는 대학엘 들어가지 않으면 절대로 안되기 때문에, 아무 생각 말고 그저 공부만 해야 한다고. 대학에 들어가는 것만이 너도 살고 이 엄마도 사는 길이라고.

그래서 나는 열심히 공부했다. 눈뜬 봉사가 아닌 한 나는 공부를 열심히 하지 않을 수가 없었다. 어머니의 몸이 얼마나 뚱뚱한지, 얼마나 담배를 많이 피

위대는지(그것이 어머니의 하나뿐인 낙이었고……굳이 처지를 따진다면 결코 즐겨서는 안될 낙이었는지도 모른다) 하는 것들이 눈에 뻔히 보이는 한 어느 날엔가는 우리의 처지가 바뀌어서 내가 엄마를 봉양하지 않으면 안되리란 걸 나는 알고 있었다.

대학을 나와서 괜찮은 직장을 얻으면 그렇게 될 수 있으리라고. 나는 그렇게 되고 싶었다. 나는 어머니를 사랑했다. 성격이 무척 거칠고 입도 몹시 험하셨지만, 그래도 나는 어머니를 사랑했다. 어쩌면 그래서 더 사랑했는지도 모른다. 나는 어머니가 내게 입을 맞춰 주실 때보다도 나를 때리실 때 더 어머니를 사랑했다.

내 말이 이해가 되는지? 그러한 나를 이해하는지? 그러나 그건 아무래도 상관없다. 인생이란 것 혹은 가족이란 것은 누구도 말로는 쉽게 설명할 수 있는 게 아니라고 나는 생각한다. 비록 이 세상 천지에 어머니와 나 단 둘뿐이었지만, 우리도 가족이었다. 이 세상에서 가장 작지만, 나름대로 사연이 있는 한 가족이었다.

나는 어머니를 위해서라면 그 무슨 짓이든 다 할

수 있다고 생각하며 살아왔다. 그런데 지금 나는, 어머니를 위해서라면 이 세상의 그 무슨 짓이든 다 할 수 있느냐는 질문을 받고 있는 것이었다. '너는 어머니를 위해서 죽을 수 있느냐, 어머니를 대신해서 죽을 수 있느냐' 라는 질문을. 이미 반생을 사신, 혹은 그 이상을 사신 어머니를 위해서. 나 자신의 인생은 이제 고작 시작일 뿐인데도 말이다.

"어떻게 할 거야, 앨런?"

조지 스토브가 물었다.

"시간이 없어."

"난 그런 건 결정할 수 없어요."

나는 목쉰 소리로 대답했다. 밤하늘에서 하얀 달이 빠르게 떠가고 있었다.

"그건 말도 안되는 짓이에요."

"하긴 그렇게 생각하는 게 당연하겠지. 누구나 그럴 테니까 말이야."

그가 목소리를 낮추었다.

"그러나 일이 그렇게 간단한 게 아니야. 첫번째 집이 나타날 때까지 결정을 하지 않으면, 난 둘을 다 데리고 가야 해."

그가 이마를 찌푸렸다가 다시 폈다. 마치 그 나쁜 소식 말고 좋은 소식도 있다는 것처럼.

"엄마하고 같이 뒷좌석에 앉혀 줄게. 옛날 얘기나 하면서 가자구."

"어디로 간다는 거예요?"

그는 대답하지 않았다. 아마 그건 그도 모르는 것 같았다. 검은 잉크가 번지는 것처럼 나무들이 휙휙 지나갔다. 헤드라이트들이 빠르게 다가오고 길바닥이 어지럽게 지나갔다.

나는 스물 한 살. 동정은 아니지만, 딱 한 번 엉망으로 취한 채 내 또래 여자애와 잤을 뿐이었다. 너무 취해서 기분이 어땠는지 기억조차 나지 않는다. 가보고 싶은 곳이 너무나 많고, 해보고 싶은 것은 이루 다 셀 수가 없다.

어머니는 마흔 여덟 살. 마흔 여덟이라면 늙은 나이다. 맥커디 아줌마는 그렇지 않다고 하겠지만, 그 여자도 어차피 늙은 여자이니 그렇게 말할 수밖에. 어머니는 나를 위해서 도리를 다 하셨다. 뼈가 빠지도록 일해서 나를 키우고 공부시켰다. 그러나 그게 과연 내 책임인가? 낳아달라고 애원해서 태어났으며, 나를 위해서 살아달라고 졸랐던가?

어머니는 마흔 여덟 살. 그러나 나는 스물 한 살. 그야말로 내 인생은 앞날이 구만리가 아닌가? 하지만 그런 걸 어찌 따질 수 있을 것인가? 도대체 이런 것을 어떻게 결정할 수 있을 것인가?

차가 숲을 벗어났다. 하얀 달이 죽은 눈동자처럼 세상을 내려다보고 있었다.

"빨리 결정해."

조지 스토브가 말했다.

"시내에 다 와간단 말이야."

나는 입을 열고 뭐라고 말을 하려 했다. 그러나 바싹 메마른 한숨만이 나올 뿐이었다.

"아, 마침 딱 좋은 게 있었지."

그리고 그가 손을 뒤로 넘겼다. 셔츠자락이 당겨 올라가고, 나는 다시 한 번 그의 배에 난 검은 띠를 보았다. 그 안엔 내장이 그대로 들어 있을까, 아니면 약에 적신 솜으로 채워졌을까? 그가 손을 되가져왔을 때, 그의 손엔 맥주 깡통이 쥐어져 있었다. 아마도 주 경계의 상점에서 사서 마시고 남은 것인 듯싶었다.

총알차 타기

그가 말했다.

"알 만해. 스트레스가 너무 심하면 입이 말라붙는 거지. 자."

그가 깡통을 내밀었다. 나는 그걸 받아서 뚜껑을 따고 길게 들이마셨다. 목줄기를 타고 넘어가는 맥주 맛이 차갑고 독했다. 나는 아직 맥주를 마셔본 적이 없었다. 도저히 마실 수가 없었다. 텔레비전에서 맥주 광고만 봐도 다리가 후들거렸다.

거대한 어둠에 잠긴 우리의 시야에 노란 빛 하나가 깜박거렸다.

"빨리, 앨런. 빨리 결정하란 말이야. 저게 첫번째 집이야. 저 언덕 바로 위에 있어. 나한테 무슨 할 말이 있거든 지금 하는 게 좋을 거야."

그 빛이 사라졌다가 다시 나타났다. 이번에는 하나가 아니라 여럿이었다. 불켜진 창문들이었다. 지금 그 창문들 안에서는 그저 그만한 사람들이 그저 그만한 하루의 시간을 보내고 있을 터이다. 텔레비전을 보고, 고양이한테 먹이를 주고, 더러는 욕조에서 느긋하게 몸을 뉘고 있을 것이며.

어머니와 내가 스릴 빌리지에서 줄을 서 있던 광경

을 생각해 보았다. 여름 원피스의 겨드랑이께가 땀에 흥건히 젖은 뚱뚱한 여자 진 파커와 그 여자의 어린 아들 앨런 파커의 모습을. 어머니는 그 줄에 서서 기다리는 게 싫다고 했다. 스토브도 그걸 알고 있었다. 하지만 나는 조르고 조르고 또 졸랐다. 스토브는 그것도 알고 있었다. 어머니는 나를 때렸고, 그러나 결국엔 같이 그 줄에 서 주었다.

"어머니를 데리고 가세요."

첫째 집의 불빛이 무스탕을 향해 다가오는 걸 보면서 내가 말했다. 내 목소리가 꺽꺽하고 내 귀에도 낯설고 매우 컸다.

"엄마, 엄마를 데리고 가세요. 난 안돼요."

나는 맥주 깡통을 바닥에 놓아버리고 두 손에 얼굴을 파묻었다. 그때 그가 나를 잡았다. 그의 손이 내 셔츠 목덜미를 잡았다. 그 순간에 나는 갑자기 머리 속이 환해지면서, 이 모든 것이 다 시험이었다는 생각이 들었다. 나는 그 시험에 떨어졌고, 그리하여 그가 이제는 펄떡펄떡 뛰는 내 심장을 내 가슴속에서 뜯어내려는 것이라고. 나는 비명을 질렀다. 그때 그가 손을 놓았다. 아마도 마지막 순간에 그가 마음을 돌린 것 같았다. 그의 윗몸이 내게로 기대왔다. 죽음의 냄새가 코와 폐에 가득해졌고, 그 순간에 나는 나 자신도 이미 죽은 자라는 사실을 의심할 수가 없었다.

그리고 차문이 딸깍— 열리는 소리가 나고, 차갑고 맑은 바람이 왈칵 쏟아져 들어와서, 죽음의 그 냄새를 씻어갔다.

"즐거운 꿈이었어, 앨런."

그가 나의 귀에다 대고 으르렁거리듯이 말하고는 나를 밀었다. 나는 두 눈을 질끈 감고 두 손을 치켜들고서 바람 부는 10월 밤의 어둠 속으로 굴러 떨어졌다. 땅바닥에 짓찧어서 뼈가 부러질까봐서 온몸이 뻣뻣해진 채로. 비명을 질렀는지 지르지 않았는지, 그건 기억이 나지 않았다.

그러나 나는 땅바닥에 짓찧어지지 않았다. 한없이 긴 한순간이 지난 후에, 나는 내 몸이 이미 차에서 내려져 있으며 땅바닥에 누워 있다는 걸 알아차렸다. 그리고 눈을 떴다가 거의 바로 그 순간에 다시 질끈 감았다. 달빛이 너무도 눈이 부셨다. 머리 속으로 통증이 전류처럼 뻗쳐갔다. 갑작스레 밝은 빛을 쳐다본

후에 흔히 그런 것처럼, 저릿한 통증이 눈동자 뒤까지 뻗쳐가고, 그러나 등줄기까지는 아니고, 뒷목덜미 바로 위에서 멈추었다.

어딘가가 차갑다 싶어서 정신을 차려보니까 두 다리와 엉덩이가 축축하게 젖어 있었다. 그러나 그건 문제도 아니었다. 중요한 것은 내가 땅바닥에 안전하게 누워 있다는 것, 그것뿐이었다.

나는 팔꿈치로 짚고 몸을 일으켜서 다시 눈을 떠보았다. 이번에는 아주 조심스럽게 눈을 떴다. 그곳이 어딘지를 이미 알고 있었고, 주위를 한 번 둘러보자 이내 확인이 되었다.

릿지 로드의 어느 언덕 위에 있는 작은 묘지 바닥에 내가 벌렁 누워 있었던 것이었다. 달은 거의 하늘 한가운데에 떠 있었다. 그새 훨씬 더 작아진 달이 곧 찢어질 듯이 밝았다. 여전히 자욱한 안개가 담요처럼 묘지를 뒤덮고 있었다. 마치 바위섬처럼 묘비석 몇 개가 안개 위로 솟아 있었다.

나는 발을 딛고 일어서려고 했지만, 또다시 전류처럼 저릿한 통증이 뒷머리로 뻗쳐갔다. 거기에 손을 대어 보았다. 혹이 돋아 있고, 무언가에 젖어서 끈적

끈적했다. 그 손을 들여다보았다. 손바닥에 묻은 피가 밝은 달빛 속에서 검게 보였다.

  나는 간신히 몸을 일으키고, 무릎까지 안개에 묻힌 채로 묘비석들 사이에서 비틀거리며 서 있었다. 뒤로 돌아서자 돌담의 터진 곳이 보였다. 거기도 안개가 자욱해서 보이지는 않았지만, 배낭이 거기 있다는 것도 얼른 기억했다. 손으로 더듬으면 찾을 수 있을 것이다. 그러나 발이 걸려서 또 넘어질지도 모를 일이었다.

  이제는 내 이야기의 전말이 앞뒤가 딱 들어맞게 정리가 될 것이다. 나는 이 언덕 마루에서 좀 쉬려고 멈추었다가 묘지를 발견하고 거기로 들어갔다. 그런데 조지 스토브라는 자의 묘비석을 보고 너무도 놀라서 황급히 돌아서 나오려다가 바보 같은 내 발에 스스로 걸려서 넘어진 것이었다. 뒤로 벌렁 넘어져서 어느 묘비석에 머리를 찧은 것이었다.

  정신을 잃은 채 시간이 얼마나 흘렀을까? 달의 위치를 보고 그것을 정확하게 분간할 만큼 정신이 맑지는 않았지만, 못 되어도 아마 한 시간쯤은 됐을 것이다. 죽은 자의 차를 얻어타고 가는 꿈을 꾸고도 남을

만한 시간이었다.

죽은 자라니, 누구? 그건 물론 조지 스토브, 정신을 잃기 직전에 묘비석에서 보았던 바로 그 이름. 참으로 고전적인 결말이지 않은가? 참으로 무시무시한 꿈을 나는 꾼 것이었다.

그리고 루이스턴에 도착해서 어머니가 이미 죽었다는 걸 알게 된다면? 그렇게 되면, 나는 밤중에 그 어떤 영험한 힘으로부터 예지를 얻은 셈이라고, 그렇게 생각하면 그만일 터이다.

그리고 세월이 훨씬 지난 후에, 가령 어떤 파티에 갔다가 파티가 끝날 무렵쯤에나, 그저 옛날 이야기나 하듯이 꺼내 볼 만한 이야기일 것이다. 주위의 사람들이 제각기 무슨 생각에 잠긴 듯이 심각한 표정을 짓고서 고개를 끄덕일 것이고, 팔꿈치에 가죽을 덧댄 트위드 자켓을 입은 어느 허풍선이는 이 세상 천지에는 인간의 지식으로는 절대로 알 수 없는 일들이 있는 법이라고 떠들어 댈 것이고, 그리고—

"—그리고 어쨌다는 거야?"

나는 목쉰 소리로 혼잣말을 했다. 안개가 천천히 움직이고 있었다. 마치 김 서린 거울 위를 떠가는 것 같았다.

"이 얘긴 누구한테도 하지 않을 거야. 절대로, 죽을 때까지."

하지만 꿈 속의 그 일은 처음부터 끝까지 또렷하게 기억되어 있었다. 조지 스토브가 무스탕을 몰고 와서 나를 태워주었다. 그리고 나에게 선택을 하라고 요구했다.

나는 선택을 했다. 첫번째 집의 불빛이 다가오는 걸 보자 거의 망설이지도 않고 어머니의 생명을 팔아버렸다. 이해받을 수 있을 만한 선택이었지만, 그렇다고 해서 죄책감이 가벼워지지는 않았다. 그러나 누구도 이 이야기를 알아서는 안된다. 어머니가 죽는다 하더라도 그건 그저 자연스러운 과정으로 보일 것이고, 아니 어쩌면 정말로 자연스러운 과정일 뿐이라서 내가 이 얘기를 숨기더라도 전혀 문제가 되지 않을 것이다.

나는 돌담이 터진 곳으로 걸어나왔다. 발에 걸리는 배낭을 집어들고 어깨에 둘러멨다. 언덕 아래에서 자동차 불빛이 올라오고 있었다. 마치 누군가가 신호를 보낸 것 같았다. 나는 엄지손가락을 세워들었다. 이상하게도 닷지의 그 늙은이가 틀림없다는 생각이 들었다. 그 늙은이가 나를 찾아다니다가 거기까지 온 것이라는.

그러나 그 늙은이가 아니었다. 내 앞에다가 픽업 트럭을 세운 운전자는 껌담배를 질겅질겅 씹는 농부였다. 사과 상자를 가득 실은, 늙은이도 아니고 죽은 자도 아닌 보통 사람이었다.

"어디까지 가시오, 젊은이?"

그가 물었다. 나는 가는 곳을 말했다.

"마침 같은 방향이군."

그리고 채 40분이 못 되어서, 9시 20분에, 메인 주 중앙의료원 앞에 차를 대었다.

"잘 가시오. 어머니께서 무사하시길 빌어요."

"고맙습니다."

그리고 나는 문을 열었다.

"아까부터 잔뜩 긴장하고 있던데, 너무 걱정하지 말아요. 다 괜찮을 테니까. 하여간에 거긴 약을 좀 바르는 게 좋겠어."

그가 내 손을 가리켰다.

나는 두 손을 내려다보았다. 손등에 진홍색 손톱자

국들이 깊게 패여 있었다. 그제서야 기억이 났다. 두 손을 깍지끼어서 손톱이 손등을 파고 들었던 것을, 아프지만 멈출 수가 없었던 것을. 조지 스토브의 두 눈도 기억이 났다. 빛을 반사한 수면처럼 달빛이 가득한 그의 눈동자들. 그가 물었었다.

'너 총알차 타봤어? 난 네 번이나 탔어.'

"학생?"

픽업 운전자가 날 불렀다.

"왜 그러시오? 괜찮아요?"

"왜요?"

"아직도 떨고 있잖소."

"괜찮습니다. 안녕히 가세요. 태워주셔서 고맙습니다."

나는 픽업의 문을 닫고, 달빛 속에서 희게 빛나는 휠체어들이 나란히 세워져 있는 곳을 지나서 널찍한 인도로 올라갔다.

안내대로 걸어가면서 나는 그새 어머니가 돌아가셨다는 소식을 들으면 몹시 놀란 표정을 지어야 한다고 마음 속으로 준비했다.

놀란 표정을 짓지 않으면 그들이 이상하게 여길 것

이고…… 혹은 충격이 몹시 심해서 그러는 거라고 생각할지도…… 혹은 평소에 어머니하고 사이가 좋지 않았을 거라고…… 혹은……

생각에 너무 골똘한 나머지 나는 안내 책상 뒤에 앉은 여자의 대답을 듣지 못했다.

"487호실에 계신다고 했어요. 지금은 들어갈 수 없고요. 면회시간은 9시까지예요."

"그렇지만 ……."

나는 갑자기 울고 싶어졌다. 나는 책상 모서리를 잡았다. 로비에는 형광등들이 켜져 있었다. 그 휘황한 불빛 속에서 손등에 새겨진 그 자국들이 유난히 불거져 보였다. 주먹뼈 바로 위에서 능글능글 웃는 것 같은 여덟 개의 작은 초승달들. 약을 바르라고 한 픽업 운전자의 말이 생각났다.

책상 뒤의 그 여자가 짜증스러운 눈으로 나를 쳐다보았다. 가슴에 달린 명찰로 그녀의 이름이 이본느 에더를임을 알았다.

"우리 어머니, 지금은 좀 어떠세요?"

여자가 컴퓨터를 들여다보았다.

"S등급이네요. 만족스럽다는 뜻이에요. 그리고 4

층은 일반 병실이에요. 그새 상태가 나빠졌으면 집중치료실로 옮겼을 테죠. 거긴 3층이고요. 내일 다시 오시는 게 좋겠어요. 면회 시간은—"

"그분은 제 어머니예요. 난 메인 주립대학에 다니는데, 소식을 듣고 급히 달려왔어요. 아무 차나 얻어 타고 여기까지 왔다고요. 잠깐만이라도 들어가 보면 안되겠어요?"

"사정이 급한 경우에는 예외가 있을 수 있겠죠."

여자가 미소를 지었다.

"잠깐 기다려 보세요. 알아볼게요."

여자가 수화기를 들고 버튼 몇 개를 눌렀다. 4층 간호사실에다가 거는 것일 터이고, 나는 그 후 2분여 동안에 일어날 일을 진짜로 투시력을 가진 것처럼 내다볼 수 있을 것 같았다. 487호실 환자 진 파커의 아들 되는 사람이 지금 잠깐 올라가도 되겠느냐고 안내계원 이본느가 묻는다. 그러자 4층의 간호사가 대답한다. 아, 미세스 파커는 15분 전에 운명했는데 방금 영안실로 내려보냈으며, 경황이 없어서 그 사실을 컴퓨터에 올리지 못했다고, 정말 딱하게 됐다고······.

책상 뒤의 여자가 말했다.

"뮤리엘? 나야, 이본느. 여기 지금 젊은 남자 한 분이 와 계시는데, 이름이—"

여자가 나를 쳐다보고 눈썹을 치켜올렸다. 내가 이름을 말해주었다.

"—앨런 파커 씨래. 진 파커 환자 아드님인데, 487호실이지? 잠깐 들어가서 만날 수—"

여자가 말을 멈추었다. 잠잠. 틀림없이 4층의 그 간호사가 진 파커는 벌써 죽었다고 말하고 있을 것이었다.

"알았어."

이본느가 말했다.

"그래, 알아."

여자는 한동안 말이 없었다. 로비를 이리저리 쳐다보고, 그리고 수화기를 어깨에 걸쳐놓고 말했다.

"병실에 사람을 보냈대요. 앤 코리건이 갔는데요, 삼 분이면 될 거예요."

"정말 지겨운 밤이군."

내가 말했다.

여자가 이맛살을 찌푸렸다.

"뭐라고 하셨어요?"

총알차 타기

"아닙니다. 아무것도 아니에요. 정말 지루한 밤이라고—"

"—어머니가 걱정이 되신다고요? 당연하겠죠. 착한 아들이신 거 같아요. 바쁘실 텐데 이렇게 곧장 달려오셨으니 말이에요."

무스탕을 운전하던 그 젊은 남자와 내가 했던 얘기를 안다면 이본느 에더를의 그 생각은 대번에 달라질 테지만, 그러나 물론 그 여자가 그걸 알 리 없었다. 그건 조지 스토브와 나 사이의 작은 비밀이었다.

4층에서 병실로 상태를 알아보러 갔다는 간호사가 다시 전화에 나올 때까지, 휘황한 형광등 아래에서 기다린 동안이 몇 시간이나 되는 것 같았다. 이본느는 서류를 여러 장 펼쳐놓고 있었다. 그 중 한 장을 들여다보면서 여자는 이름들 옆에다가 체크 표시를 해나가고 있었다.

문득 정말로 죽음의 천사가 있다고 한다면 바로 저 여자 같은 모습일 거라는 생각이 들었다. 컴퓨터가 있고 서류들이 펼쳐진 책상 앞에 앉은 조금은 지친 듯한 사무원. 이본느는 조금 치켜든 어깨와 귀 사이에 수화기를 끼운 채 일을 하고 있었다. 스피커에서

파쿼 박사님, 파쿼 박사님은 지금 곧 방사선실로 오십시오, 라고 방송이 나왔다. 4층에서는 앤 코리컨이라는 이름의 간호사가 지금쯤 어머니를 들여다보고 있으리라. 두 눈을 감지 못한 채로 죽은 어머니를. 갑작스런 발작으로 꼭 비웃듯이 뒤집어진 입술이 마침내 축 늘어진 어머니를.

이본느가 갑자기 몸을 세웠다. 수화기 속에서 목소리가 들렸다. 여자가 잠시 듣고 있다가 말했다.

"알았어, 그래. 그럴게. 고마워, 뮤리엘."

여자가 전화를 끊고 굳은 얼굴로 나를 쳐다보았다.

"올라와도 된대요. 딱 5분이랍니다. 지금 상태가 좋지 않대요."

나는 입을 딱 벌리고 여자를 쳐다보았다.

여자의 얼굴에서 미소가 조금 지워졌다.

"파커 씨, 왜 그러세요?"

"아뇨, 괜찮습니다. 그저—"

여자의 얼굴에 미소가 다시 돌아왔다. 이번엔 그 미소가 퍽 다정스러워 보였다. 여자가 말했다.

"알 만해요. 이해할 만하다구요. 갑자기 전화를 받고 여기로 달려오셨으니까……. 좋지 않은 경우를 생각할 만도 할 거예요. 안심하세요. 어머니 상태가 정말 나쁘면 지금 만나실 수도 없을 테니까요."

"고마워요."

그리고 내가 돌아서자 여자가 또 말했다.

"파커 씨? 아까 메인 주립대학에서 오셨다고 하셨잖아요? 거긴 북쪽인데, 그 뱃지는 어떻게 된 거죠? 스릴 빌리지는 뉴 햄프셔 주에 있잖아요? 남쪽 말이에요."

나는 셔츠 앞자락을 내려다보았다. 가슴 주머니에 그 뱃지가 달려 있었다. 나는 스릴 빌리지에서 총알차를 탔다,라고 쓰인 그것이. 그가 내 심장을 뜯어내려고 했던 것 같은 그 순간이 퍼뜩 떠올랐다. 그가 무얼 했는지 이젠 알 것 같았다. 그는 그의 목에 달린 뱃지를 떼어서 내 가슴에 단 다음에 나를 차 밖으로 떠밀었던 것이었다. 그렇게 그는 나에게 표시를 해둔 것이었다. 우리가 만났다는 사실을 믿지 않을 수 없도록 하기 위한 표시를. 손등에 난 자국들이 그렇듯이 그 뱃지도 역시 그걸 증명하고 있는 것이었다. 그는 나에게 선택을 하라고 요구했고, 나는 선택을 하지 않을 수 없었다.

스티븐 킹 인터넷 소설

그런데 어떻게 어머니가 아직 살아 있을 수 있는지?

"이거요?"

나는 엄지손가락을 거기에 대고, 조금 문질러 보이기까지 했다.

"이건 행운의 부적이에요."

거짓말이 하도 끔찍해서 가히 빛이 날 지경이었다.

"어머니하고 같이 거기 갔을 때 샀죠. 벌써 옛날이죠. 어머니가 총알차를 태워 주셨어요."

안내계원 이본느는 세상에 그토록 아름다운 일도 다 있었더냐고 말하는 듯이 화사하게 미소를 지었다. 그리고 말했다.

"꼭 안아 드리고 키스도 해드리세요. 아드님을 보시면 아주 편히 주무실 거예요. 어떤 약보다도 효력이 좋을 테니까요."

그리고 여자는 저편을 가리켰다.

"엘리베이터는 저쪽이에요. 저기 모퉁이를 돌아가시면 돼요."

면회시간이 지난 때문인지 엘리베이터를 기다리는 사람이 나뿐이었다. 왼편에, 문이 닫히고 불이 꺼진

신문 판매점 곁에, 쓰레기통이 있었다. 나는 셔츠에서 뱃지를 떼어서 쓰레기통에 넣어버렸다. 그리고 두 손을 바지에 문질러 닦았다.

엘리베이터 문이 열릴 때까지 나는 손을 바지에 문지르고 있었다. 얼른 들어가서 4층 버튼을 눌렀다. 엘리베이터가 올라가기 시작했다. 층 버튼 위에 포스터가 붙어 있었다. 다음주에 헌혈 행사가 있다고 알리는 것이었다.

그걸 읽고 있는데, 갑자기 한 생각이 퍼뜩 떠올랐다……. 확실하지는 않고 막연히 그럴 것 같다는 생각이었다. 어머니가 지금 바로 이 순간에 숨을 거두고 있을 것이라는. 느리게 움직이는 그 기계에 내가 몸을 싣고 있는 바로 그 순간에. 나는 선택을 했었다. 그러므로 이제 4층에 올라가서 어머니가 돌아가셨다는 걸 알게 되더라도 이상할 게 전혀 없는 것이었다. 앞뒤가 완전히 맞아들어가는 이야기일 뿐.

 엘리베이터 문이 열리자 또 포스터가 한 장 눈에 들어왔다. 크고 빨간 입술에 집게손가락을 세워 붙인 그림이었다. 그림 아래에 '환자들을 위해서 정숙을 지켜 주세요!' 라고 씌어 있었다. 엘리베이터에서 내리자 복도가 좌우로 뻗어 있었다. 홀수 병실은 왼쪽이었다. 나는 그쪽으로 걸어갔다. 걸음을 옮길 때마다 운동화가 점점 더 무거워지는 것 같았다. 470번대에서부터 걸음을 멈추고, 그리고 481호와 483호 사이에 멈춰섰다.

 더 이상 갈 수가 없었다. 반쯤 언 시럽처럼 차갑고 끈끈한 땀이 머리에서 배어나왔다. 미끄러운 장갑 속의 손처럼 위장이 뒤꼬여 있었다. 아니야, 이건 차마 못할 짓이야. 이대로 돌아서서 도망치는 게 나아. 난 언제나 그렇게 겁쟁이였으니까. 또 남의 차를 얻어타고 집에 가서 자고, 아침에 맥커디 아줌마한테 전화를 거는 거야. 내일 아침엔 훨씬 맘 편하게 이걸 당해낼 수 있을 거라구.

막 돌아서려는데, 어느 병실 문에서……어머니의 병실에서 간호사인가 싶은 여자가 고개를 내밀었다.

"파커 씨?"

여자가 낮은 목소리로 물었다.

몹시 사나운 한순간에 나는 그걸 거의 부인할 뻔했다. 그러나 이내 고개를 끄덕였다.

"들어오세요. 어머니께서 지금 급하세요."

이미 짐작하고 있었던 그 말이었다. 그런데도 공포가 온몸에 번져가고 무릎이 후들거렸다.

간호사가 눈치를 챈 듯 황급히 내게로 나가왔다. 치맛자락이 펄럭이고, 몹시 놀란 표정이었다. 여자의 가슴에 달린 작은 명찰에는 앤 코리건이라고 씌어 있었다.

"아녜요, 그게 아녜요. 진정제 얘기였어요……. 지금 잠이 드실려는 참이라구요. 아이, 내 정신 좀 봐, 바보같이. 안심하세요, 파커 씨. 조금 전에 진정제를 드셨는데, 지금, 잠이 드시려는 참이라구요. 괜찮으세요, 파커 씨? 어지러우세요?"

여자가 내 팔을 잡았다.

"예."

나는 어지러운지 아닌지 분간도 못하면서 대답했다. 세상이 무너지는 것 같고 두 귀엔 벌레 우는 소리가 요란했다. 연방 차를 덮쳐오던 길바닥이 생각났다. 흑백영화에 나오는 것과 같았던 은빛 달빛 속의 그 광경. '너 총알차 타봤어? 난 네 번이나 탔어.'

앤 코리건이 나를 병실로 데리고 갔다. 어머니가 내 눈앞에 있었다. 몹시 뚱뚱한 여자, 그래서 침대가 작고 좁았지만 그래도 어머니는 그 침대에 푹 파묻혀 있었다. 이제는 검정이 물러가고 회색이 된 머리타래가 베개 위에 쏟아져 있었다. 그녀의 두 손은 어린아이의 손 아니, 인형의 손처럼 얌전히 시트 위에 모아져 있었다. 그녀의 얼굴은 내가 미리 상상했던 것과는 달리 비웃듯이 입술이 뒤집어진 채로 굳어버리지는 않았고, 다만 색이 누렇게 변해 있을 뿐이었다. 눈은 감겨 있었다.

간호원이 작은 소리로 이름을 부르자 그 눈이 뜨였

다. 짙게 빛나는 푸른 눈동자. 어머니의 몸에서 가장 젊은 곳이 바로 그곳이며 완전하게 살아 있는 곳도 그곳이었다.

한동안 아무것도 보지 못하던 어머니의 두 눈이 이윽고 나를 보았다. 어머니가 힘겹게 미소를 짓고 팔을 내밀려고 했다. 한 팔은 들렸지만 다른 팔은 파르르 떨면서 조금 들리다가 풀썩 내려앉았다.

"앨런."

어머니가 작은 소리로 나를 불렀다.

나는 어머니 곁으로 갔다. 어느새 나는 울고 있었다. 벽가에 의자가 있었으나 나는 그걸 당겨올 생각도 하지 않았다. 나는 바닥에 무릎을 꿇고 앉아서 어머니를 안았다. 따뜻하고 깨끗한 냄새가 어머니에게서 났다. 나는 어머니의 귓가와 볼과 입가에 입을 맞추었다. 어머니는 성한 손을 들어서 내 눈두덩을 어루만졌다.

어머니가 작은 소리로 겨우 말했다.

"울지 마라. 울 거 없다."

"소식 듣고 바로 뛰어왔어요. 맥커디 아줌마가 전화했어요."

"주말에나 오라고…… 전해 달라고 했는데."

"예, 그랬어요. 전 그럴 수가 없었어요."

"차는 고쳤니?"

"아뇨. 얻어 타고 왔어요."

"미안하구나."

어머니는 말을 하기가 매우 힘이 드는 것 같았지만, 그러나 발음이 흐려지진 않았다. 자기가 누구인지, 나는 누구인지, 우리가 지금 어디에 있는지, 우리가 지금 왜 거기에 있는지를 어머니는 바로 알고 있었다. 문제는 왼손을 제대로 쓰지 못한다는 것뿐이었다. 나는 이루 말할 수 없는 안도감을 느꼈다.

모든 것은 조지 스토브의 싱거운 장난에 지나지 않았을 뿐……. 아니, 애초에 조지 스토브라는 자는 있지도 않았는지도 모른다. 그 모든 것은 한낱 꿈에 지나지 않았을 뿐인지도. 그저 그렇고 그런 꿈일 뿐이었는지도. 어머니 곁에서 어머니를 끌어안고 어머니가 늘 쓰시는 랭뱅 향수의 여운을 맡고 있는 지금, 나는 그 모든 것이 그저 꿈이었을 뿐이었다는 생각을 하지 않을 수 없었다.

"앨런, 옷에 피가 묻었구나."

어머니의 눈이 스르르 감겼다가 다시 천천히 뜨였다. 조금 전에 복도에서 내 운동화가 그랬던 것처럼, 지금 어머니의 눈꺼풀은 너무도 무거우리라 싶었다.

"머리를 조금 다쳤어요, 엄마. 괜찮아요."

"다행이구나. 가서…… 쉬어야지."

눈꺼풀이 다시 닫혔다가 아까보다 더 천천히 뜨였다.

"파커 씨, 이젠 주무셔야 해요. 지금 나가는 게 좋겠어요. 오늘은 정말 힘이 드셨을 거예요."

등뒤에서 간호사가 말했다.

"알았어요."

나는 어머니의 입가에 다시 입을 맞추었다.

"갈게요, 엄마. 내일 아침에 다시 올게요."

"제발…… 그거 좀 그만둬…… 남의 차 얻어타는 거 말이다. 위험해."

"알았어요. 내일은 맥커디 아줌마 차 타고 올게요. 편히 주무세요."

어머니가 말했다.

"일하다가 이렇게 됐어. 설거지 기계에서 접시를 꺼내고 있었단다. 갑자기 두통이 나더구나. 쓰러졌어. 깨어 보니까…… 여기였어."

그리고 어머니는 나를 올려다보았다.

"중풍이라더구나. 의사 선생님께서 그리 심한 건 아니라고 하셨어."

나는 일어서서 어머니의 손을 잡았다. 살결이 고왔다. 물에 젖은 비단처럼 부드러웠다. 늙은 사람의 손이었다.

"뉴 햄프셔에 있는 그 공원에 갔던 꿈을 꿨어."

나는 어머니를 내려다보았다. 갑자기 온몸이 싸늘해졌다.

"그랬어요?"

"응. 줄을 섰지…… 굉장히 높게 올라가는 것 뒤에 말이야. 그게 뭐였지?"

"총알차예요."

"네가 겁을 내서 내가 야단을 쳤지."

"아녜요, 엄마. 엄마는—"

어머니가 내 손을 꼭 잡았다. 입가가 깊어져서 보조개처럼 되었다. 내가 익히 알고 있는 그 얼굴, 나에게 화를 낼 때마다 짓던 바로 그 얼굴이었다.

"그래, 소리를 지르고 때리기도 했지. 뒷목을……

그렇지?"

"그랬을 거예요. 늘 거길 때리셨잖아요."

"미안하구나. 너무 덥고 피곤해서 그랬을 거야. 하지만…… 미안해. 벌써부터 너한테 사과하고 싶었어."

내 눈에서 다시 눈물이 나고 있었다.

"괜찮아요, 엄마. 벌써 옛날일인 걸요, 뭐."

"넌 그걸 못 탔어."

"탔어요. 나중에 탔어요."

어머니가 미소를 지은 얼굴로 나를 올려다보았다. 작고 허약해 보였다. 마침내 우리 차례가 되었을 때 소리를 지르면서 내 뒷목을 때리던 그 어머니의 모습은 간 데가 없었다. 잔뜩 화가 난, 땀을 뻘뻘 흘리던, 근육질의 그 여자의 모습은.

"파커 씨, 이제는 정말 나갈 때가 됐어요."

간호사가 말했다.

나는 어머니의 손을 들어올려서 손등에다 입을 맞추었다.

"내일 또 올게요, 엄마. 사랑해요, 엄마."

"나도 널 사랑한단다. 앨런…… 널 때렸던 건 정말

미안하구나. 그때 말고도…… 어쩔 수가 없었어. 아마 힘이 들어서 그랬을 거야."

하지만 그것이 어머니가 살아가는 방식이었다. 나는 어머니의 그 심정을 다 안다고, 다 이해한다고 말을 하고 싶었지만, 어떻게 해야 할지를 알 수가 없었다. 그건 우리 가족의 비밀 중 한 부분이었고, 그저 말없이 마음 속에 담아 두어야만 할 어떤 것이었다.

"내일 올게요, 엄마. 됐죠?"

어머니는 대답하지 않았다. 눈이 다시 스르르 감겼다. 그리고 이번에는 다시 뜨이지 않았다. 가슴이 천천히 고르게 오르내렸다. 나는 병상에서 물러나오면서 눈길을 어머니에게서 떼지 않았다.

복도에서 내가 간호사에게 말했다.

"아무 일도 없겠죠? 정말 괜찮으시죠?"

"그건 아무도 장담할 수 없어요, 파커 씨. 어머니는 닌빌리 박사님 담당이에요. 내일 오후에 그분이 여기 오실 테니까 직접—"

"난 아가씨 생각을 묻는 거예요."

"제 생각엔 무사하실 거 같아요."

여자가 엘리베이터가 있는 쪽으로 나를 안내하면

서 말했다.

"맥박, 호흡, 체온, 혈압이 모두 좋고, 잔여증세를 다 감안해 보면 아주 경미한 중풍인 게 분명해요."

여자가 이마를 조금 찌푸렸다.

"하지만, 습관을 좀 바꾸셔야 할 거예요. 식사, 라이프스타일……"

"담배 말이겠죠?"

"아, 예. 끊으셔야죠."

여자는 마치 일생 동안 몸에 밴 습관을 버린다는 것이 탁자 위에 놓인 꽃병을 옮기는 것만큼도 어렵지 않다는 투로 말을 했다. 버튼을 누르자 이내 엘리베이터 문이 열렸다. 면회시간 이후에 병실은 참으로 그처럼 한가했다.

"여러 가지로 고마웠어요."

내가 말했다.

"별 말씀을요. 놀라게 해서 오히려 제가 죄송해요. 제가 아까 정말 바보 같은 소릴 했어요."

"아닙니다."

나는 그 말이 사실이라고 생각을 하면서도, 그렇게 대답했다.

"신경쓰실 거 없어요."

나는 엘리베이터를 타고 버튼을 눌렀다. 간호사가 손을 들고 손가락을 흔들어 보였다. 내가 그걸 맞받아 주는 사이에 문이 닫혔다. 엘리베이터가 내려가기 시작했다. 나는 손등에 난 손톱자국들을 보면서 내가 참으로 끔찍한 놈이라고, 이 세상에서 가장 비열한 놈이라고 생각했다. 비록 그것이 꿈속의 일이었다고는 하지만 나는 참으로 비열하기 짝이 없는 놈이었다. '어머니를 데려가세요.' 라고 나는 말했었다. 어머니인 줄을 번연히 알면서도 그렇게 말했었다. '어머니를 데리고 가세요. 난 절대로 안돼요.' 라고.

어머니는 나를 길러주셨다. 어떤 궂은 일도, 잔업도 마다하지 않으셨고, 그 더운 날에 그 무거운 몸을 이끌고도 뉴 햄프셔의 먼지 나는 작은 공원에서 나를 위해서 줄을 서주셨다. 그런데 나는 거의 망설이지도 않고서 말했던 것이었다. '어머니를 데려 가세요, 어머니를 데려 가세요.' 라고. 겁쟁이, 겁쟁이, 더러운 겁쟁이 자식.

엘리베이터 문이 열렸다. 얼른 내려서 쓰레기통 뚜껑을 열어보았다. 거의 빈 종이 커피잔에 그것이 그대로 있었다. '나는 스릴 빌리지에서 총알차를 탔다.' 라고 쓴 그 뱃지가.

나는 몸을 구부리고 그것을 집어내서 청바지에 문질러 닦았다. 그리고 주머니에 넣었다. 그걸 버린 건 옳지 않은 짓이었다. 이제 그것은 내것이었다. 행운의 부적이건 악운을 불러오는 부적이건 간에, 그것은 내것이었다.

나는 이본느에게 손을 흔들어 보이면서 병원을 나섰다. 하늘 꼭대기에 뜬 달이 야릇하고도 꿈 같은 빛을 세상에 비추고 있었다. 살아오면서 지금처럼 온몸이 나른하고 심정이 착잡했던 적이 없었던 듯싶었다. 나는 그 선택을 다시 할 수 있었으면 하고 달을 보고 빌었다. 참으로 우스운 일이 아닐 수 없었다. 만약에 내가 짐작했던 대로 어머니가 그새 돌아가셨더라면 어쩌면 나는 그 사실을 그저 덤덤하게 받아들였을지도 모른다. 그런 종류의 이야기들은 흔히 그렇게 끝나게 되어 있지를 않던가?

시내에서는 차를 얻어 타기가 어렵다, 라고 사타구니를 연방 주무르던 그 늙은이가 말했었다. 그 말이 그리도 옳을 수가 없었다. 루이스턴을 다 벗어나도록 엄지손가락을 단 한 번도 세워 보이지 못했다. 그럴 만한 차가 보이질 않았고, 그랬더라도 소용이 없었을 것이었다.

리스본 스트리트의 세 구역과 캐널 스트리트의 아홉 구역을 나는 걸어서 갔다. 술집들이 즐비한 곳에서는 포리너와 레드 제플린의 노래가 흘러나왔다.

밤 1시가 훨씬 지나서야 우리 집이 있는 핼로우 구역으로 넘어가는 드머쓰 다리에 도착했다. 핼로우 구역으로 들어선 후 처음으로 손가락을 세워 보였을 때 그 차가 내 앞에 멈춰 주었다.

그리고 40분 후에 나는 집에 도착해서 뒷마당으로 통하는 문 곁의 빨간 외발 손수레 밑에서 열쇠를 찾고 있었고, 또 10분 후에는 침대에 누워 있었다. 잠 속으로 빠져 들어가면서 나는 이렇게 나 혼자서 이 집에서 자는 게 처음이라는 생각을 해보았다.

총알차 타기

전화벨이 울려서 잠을 깼다. 9시 15분이었다. 병원에서 온 전화일 거라는 생각부터 들었다. 밤새 어머니의 상태가 아주 나빠졌으며 15분 전에 기어이 돌아가셨다고 병원에서 누군가가 나에게 알려온 것이라고. 그러나 그게 아니었다.

맥커디 아줌마였다. 간밤에 집에 와서 잤는지가 우선 궁금하고, 어머니한테 갔던 일도 궁금해서 일어나자마자 전화를 걸었다는 것이었다.

나는 엊저녁에 병원에 있었던 일을 세 번이나 거듭 설명해야 했고, 세번째로 대답을 할 때에는 마치 살인혐의를 쓰고 심문을 받는 범인이 된 것 같은 기분이었다. 그리고 아줌마는 오후에 자기 차를 타고 같이 병원에 가지 않겠느냐고 물었다. 나는 그게 좋겠다고 대답했다.

전화를 끊고 문 쪽으로 갔다. 거기에 커다란 거울이 걸려 있었다. 그 안에 키가 멀쑥하고 배가 불룩하고 얼굴엔 면도를 하지 않은 어린 놈 하나가 헐렁한 속옷 아랫도리만 입은 채 서 있었다.

"이봐, 그런 생각은 떨쳐 버려야 하는 거야." 나는 거울 속의 나를 보고 말했다. "언제까지고 전화벨이 울릴 때마다 어머니가 돌아가셨다는 소식이 온 거라고 생각하면서 살 수는 없는 거야."

물론 그렇게 되진 않을 것이다. 시간은 기억을 희미하게 해준다. 시간이란 것은 언제나 그렇다……. 그러나 어제 저녁의 일은 아직도 바로 직전에 겪었던 것처럼 너무 생생했다. 모든 가장자리와 모든 모서리가 날카롭고 또렷했다. 챙을 뒤로 돌려 쓴 조지 스토브의 잘생긴 젊은 얼굴이 아직도 눈에 보였다. 그의 귓바퀴에 걸쳐 있던 담배, 그가 담배연기를 들이마신 후에 목에 꿰맨 바늘자국들 사이로 새어나오던 담배연기가. 턱없이 싼 값에 팔린 캐딜락 얘기를 하던 그의 목소리도 아직 들리는 것 같았다. 시간이 가장자리를 허물어뜨리고 모서리를 뭉그러뜨리겠지만, 아직은 아니었다. 무엇보다도, 내겐 그 뱃지가 있지 않은가?

나는 그걸 욕실문 옆에 놓인 서랍장 속에 넣어두었다. 그것은 나의 기념품이었다. 유령 이야기의 주인공은 대개 그런 기념품을 갖게 되지 않던가? 그 일이 실제로 있었다는 걸 증명하는 징표로서.

방 한쪽 구석에 구식 스테레오가 있었다. 나는 면도를 하면서 들으려고 묵은 테이프들을 뒤적였다. '포크송 모음집'이라고 쓰인 테이프를 꺼내서 레코더에 끼웠다. 고등학교 시절에 구한 것인데, 어떤 노래들이 들어 있는지는 기억나지 않았다. 밥 딜런이 해티 캐롤의 쓸쓸한 죽음을 노래하고, 톰 팩스턴이 그의 방랑자 친구에 관해서 노래하고, 이어서 데이브 반 론크가 코카인에 관해서 노래하기 시작했다. 3절 중간쯤에서, 나는 면도칼을 뺨에 댄 채로 손길을 뚝 멈추었다.

'머리가 돌도록 위스키를 마시고 배가 터지도록 진을 마셨지.' 데이브 반 론크가 특유의 거슬리는 목소리로 노래하고 있었다. '그러면 죽는다고 의사가 말하지만, 언제 죽는지는 말하지 않네.' 그것이 해답이었다. 물론 죄의식 때문에 나는 어머니가 지금 당장이라도 죽을지도 모른다는 생각을 떨치지 못하는 것이었다.

'그러면 죽는다고 의사가 말하지만, 언제 죽는지는 말하지 않네.'

도대체 나는 무엇을 가지고 나를 이렇듯이 볶아대고 있는 것일까? 나의 그 선택은 어쩌면 당연한 게 아니었을까? 대개는 자식이 부모보다 더 오래 사는 게 정상이 아니겠는가? 그 개자식이 나를 겁주려고 했지만, 죄의식을 뒤집어씌우려고 했지만, 그렇다고 내가 그 개자식의 말을 곧이들어야 하는 건 아니지 않았던가?

'넌 지금 변명을 하고 있는 거야. 죄책감을 모면할 궁리를 하고 있는 거라구. 네가 생각하는 게 옳기는 옳아……. 그러나 선택을 하라고 강요받았을 때, 넌 어머니를 선택했던 거야. 빠져나갈 생각은 말아― 넌 어머니를 선택했어.'

눈을 뜨고 거울 속의 내 얼굴을 들여다보았다. 그리고 말했다.

"난 어쩔 수가 없었어. 정말 믿어지지 않지만, 또

그런 경우를 당하더라도 그렇게 할 거라구."

맥커디 아줌마와 같이 병원에 갔을 때 어머니는 상태가 좀 나아져 있었다. 나는 어머니에게 스릴 빌리지 꿈을 기억하느냐고 물어보았다. 어머니는 고개를 저었다.

"네가 어젯밤에 여기 왔다는 것도 기억이 잘 안나. 너무 졸렸거든. 그런데 그건 왜?"

"아니에요."

그리고 나는 어머니의 귓가에 입을 맞추었다.

"아무것도 아니에요."

 어머니는 닷새 후에 퇴원하셨다. 한동안은 다리를 절었으나 그것도 오래 가지 않았고, 한 달이 지나고부터는 다시 일을 시작하셨다. 처음엔 반나절만 일을 했지만 얼마 가지 않아서 마치 아무 일도 없었던 사람처럼 풀 타임으로 일을 했다.

 학교로 돌아온 나는 시내에 있는 팻츠 피자집에서 아르바이트를 했다. 급료는 적었지만 자동차를 수리할 만큼은 넉넉하게 벌었다. 그건 여간 다행이 아니었다. 나는 이제 히치하이킹엔 완전히 입맛을 잃어버렸기 때문이었다.

 어머니는 담배를 끊으려고 애쓰셨고, 한동안은 잘 견디셨다. 그런데 4월 방학이 되어 내가 집에 돌아왔을 때, 예전처럼 또다시 부엌에 담배 연기가 자욱했다. 어머니가 말했다.

"끊을 수가 없더구나. 미안하다, 앨런—너도 그걸 원하고, 끊어야 한다는 걸 나도 잘 알지만, 담배를 피우지 않으니까 너무 허전해. 내 인생에 구멍이 난 것 같단 말이야. 무엇으로도 그걸 채울 수가 없었어. 그저 처음부터 입에 대질 말았어야 했다고 한탄이나 할 뿐이야."

내가 대학을 졸업하고 나서 2주일 후에 어머니는 다시 쓰러지셨다. 이번에는 아주 경미한 것이었다. 의사의 꾸중을 듣고 어머니는 다시 담배를 끊으려고 애를 쓰셨지만, 몸무게가 20킬로그램이나 불자 다시 담배를 물었다.

'개가 제가 토해 놓은 것한테로 되돌아가듯이' 라는 성경 구절이 있거니와, 나는 그 말을 늘 좋아했다.

나는 첫번째로 입사원서를 낸 것이 통과되어 포틀랜드 시에서 아주 괜찮은 직장을 얻었다. 운이 좋았던 것 같았다. 그리고 이젠 일을 그만두라고 어머니를 설득하기 시작했다. 그러나 어머니는 내 말을 들으려 하지 않았다.

"네가 번 돈은 나를 위해서 쓸 게 아니다. 모아뒀다

가 네 인생을 위해서 써야 해. 너도 때가 되면 결혼을 해야지, 앨런."

나는 어머니를 설득하는 걸 그만 단념하고 싶은 생각도 없지 않았으나, 그러기엔 지난날의 기억이 너무 아팠다.

"엄마가 곧 내 인생이에요. 엄마가 좋아하건 싫어하건, 저는 그렇게 하지 않을 수가 없다구요."

마침내 어머니가 수건을 던졌다.

그 후 우리는 상당히 오랫동안 좋은 시절을 보냈다— 모두 합해서 7년이었다. 나는 어머니와 함께 살지는 않았지만, 거의 매일 어머니에게로 갔다. 우리는 시간 가는 줄 모르고 카드를 치고, 내가 사드린 비디오 레코더로 영화도 수없이 보았다.

그런 시절을 가질 수 있었던 것이 조지 스토브의 덕분인지 아닌지 알 수는 없었지만, 하여간에 참으로 행복한 시절이었다. 스토브를 만났던 그날 밤의 기억은 사라지지 않고 마치 꿈처럼 커져갔다. 보름달한테 소원을 빌어보라고 말했던 그 늙은이로부터 뱃지를 내 가슴에 달아 주려고 내 셔츠를 더듬던 스토브의 손가락들에 이르기까지 모든 것들이 거의 생생하게 기억 속에 남아 있었다.

그런데 어느 날 그 뱃지가 없어졌다. 작은 아파트를 사서 거기로 이사했던 날까지 그걸 갖고 있었던 게 기억났다. 그 날 빗 몇 개와 넥타이 핀 같은 것들과 같이 그것을 테이블 맨 위 서랍에 넣었었다.

뱃지가 없어지고 나서 하룬지 이틀 후에 맥커디 아줌마한테서 전화가 왔는데, 아줌마가 우는 이유를 나는 당장에 알아차렸다. 이제나 저제나 하면서 늘 내 마음을 불안하게 해왔던 바로 그 나쁜 소식이 마침내 전해진 것이었다.

 장례식이 끝나고 조문객들이 다 돌아간 후에, 나는 어머니가 인생의 마지막 몇 년을 보냈던 핼로우의 그 작은 집으로 갔다. 이제까지는 이 세상 천지에 진 파커와 앨런 파커 단둘이었으나, 이제는 나만이 남은 것이다.

 나는 어머니의 유품들을 정리했다. 처리해야 할 서류 몇 가지는 우선 뒤로 미뤄놓고, 간직하고 싶은 것들을 상자에 챙겨 넣고 자선단체 같은 데에 기증할 만한 것들을 또 따로 모았다.

 일이 다 끝나갈 무렵에 나는 방바닥에 엎드려 어머니의 침대 밑을 살펴보았다. 그것이 거기에 있었다. 막연히 그럴지도 모른다는 생각에서 나도 모르게 찾고 있었던 그 뱃지가 바로 거기에 있었다.

'나는 스릴 빌리지에서 총알차를 탔다.' 라고 씌어 있는 먼지 앉은 뱃지. 나는 그것을 손바닥에 놓고 꼭 쥐었다. 핀이 살에 박혔지만 나는 더욱 힘을 주었다. 그 아픔이 오히려 상쾌했다. 손바닥을 다시 폈을 때는 두 눈에 눈물이 가득해져서 글씨가 흐릿하게 보이고 서로 겹쳐져 보였다. 마치 안경을 쓰지 않고서 3차원 영화를 보는 것 같았다.

"이제 만족하니?"

나는 텅빈 방을 보고 물었다.

"이제 됐어?"

물론 대답이 있을 리 없었다.

"왜 그렇게 속을 태웠던 거야? 그래봤자 무슨 소용이 있다는 거지?"

총알차 앞에 줄을 서서 기다리고, 사람들이 비명을 지르는 소리를 듣는다. 사람들은 그 공포를 즐기기 위해서 돈을 낸다. 그리고 총알차는 사람들에게 늘 그 돈의 대가를 제대로 돌려준다.

차례가 되면 타는 사람도 있을 것이고, 겁이 나서 도망치는 사람도 있을 것이다. 그러나 어느 쪽이건 결과는 마찬가지라고 나는 생각한다. 마찬가지여서는 안되겠지만, 현실은 그렇지가 않다. 지난 일은 잊어버리고 그저 즐겁게, 살아갈 뿐인 것이다.

지난 일은 잊어버리고, 그저 즐겁게. ♣

☐ 옮긴이의 말
공포 소설의 대명사, 스티븐 킹

　작가 스티븐 킹은 1998년에 〈포브스〉지가 선정한 톱 40 엔터테이너 명단에 올랐다. 전세계에 이름이 알려진 영화감독, 배우, 가수, 방송인들 일색인 명단에 소설가로서 그 이름이 올라간 사람은 스티븐 킹과 〈쥬라기 공원〉으로 우리에게도 잘 알려진 마이클 클라이튼뿐이었다. 그 해 소득을 근거로 한 순위에서 스티븐 킹은 31위(4천만 달러)였는데, 스티븐 스필버그나 제임스 카메론 같은 감독들, 해리슨 포드, 로빈 윌리엄스, 멜 깁슨, 톰 행크스 등의 배우, 가수 셀린 디옹과 스파이스 걸스, 저 유명한 방송인 오프라 윈프리, 신비스러운 마술사 데이비드 카퍼필드 같은 사람들만큼은 못 벌었지만, 캐빈 코스트너나 브래드 피트, 니콜라스 케이지와는 비슷하게 벌었고, 레오나

르도 디카프리오, 짐 케리, 헬런 헌트, 줄리아 로버츠보다는 좀더 혹은 훨씬 더 많이 번 것이다.

이같은 사실은 비단 그 해만의 일이 아니어서 뉴스거리가 되지 못했다. 정작 뉴스가 된 사건이 그 다음 해에 일어났다. 1999년 6월에 그가 교통사고로 거의 죽을 뻔한 것이다. 집 근처를 산책하다가 뒤에서 달려오던 미니밴에 치였는데, 하루에 다섯 차례나 수술을 받으며 사경을 헤맸다.

조수석에 앉힌 애견이 이상한 짓을 하는 바람에 잠시 앞을 보지 못했다는 운전자의 변명과, 과속이 아니었다는 목격자의 진술을 듣고 경찰이 경미한 처분한 내린 데 대해서 스티븐 킹이 욕설을 해댔다는 얘기, 킹이 변호사를 통해서 문제의 미니밴을 사들였으며, 그 차를 갖고 무얼 할 것이냐는 기자들의 질문에 슬레지해머로 두들겨 부숴버리고 싶다고 대답했다는 얘기, 그리고 사고가 난 뒤 3개월 뒤에는 그 사고 운전자가 집에서 변사체로 발견되었는데 그것은 스티븐 킹의 저주에 의한 것이라는 소문이 떠돌았지만, 알고 보니 약물 남용이 사인이었다는 얘기 등이 한동안 화제가 되었다.

사고를 당한 후, 이제는 그가 더 이상 글을 쓰지 못하리라는 추측이 나돌았다. 그러나 그는 그러한 예상들을 완벽하게 뒤집었다. 9월에 발표한 새로운 장편소설 『내 영혼의 아틀란티스』(Hearts in Atlantis)는 어김없이 베스트셀러가 되었고, 특히 이전과는 사뭇 다른 내레이션으로 수많은 독자들에게 감동의 눈물을 선사한 것이다.

2000년 3월 14일 미국 동부시각 0시 1분, 다수의 인터넷 서점들을 통해서 스티븐 킹의 신작소설이 발표되었다. 종이책으로 치면 66페이지, 책값은 2.5달러였다. 그리고 놀라운 일이 벌어졌다. 단 몇 시간 사이에 200만 이상의 전세계 독자들의 주문접속이 쇄도하여 사이트들이 마비되는 사태가 빚어진 것이었다. 신문 보도에 의하면 대표적인 인터넷 서점 〈아마존〉에는 1.5초당 1회, 〈반즈앤노블〉에는 2.5초당 1회 꼴로 집속이 시도되었다고 한다. 얼마 가지 않아서 해커들이 암호를 해독해 버리는 바람에 수많은 독자들이 공짜로 책을 읽을 수 있게 되었고, 유료와 무료를 합쳐서 전세계적으로 이 전자서적을 내려 받아 읽은 독자는 그 수를 헤아릴 수 없을 정도라는 보도도 있었다. 이전에도 전자서적이 출판된 적이 있었으나 반응이 미미했던지라 전자서적 출판의 가능성에 대해서 회의적인 견해를 갖고 있던 출판업자들은 "참으로 믿어지지 않는 사건이 일어났다."고 탄성을 질렀다.

그 작품이 바로 『총알차 타기』이다. 객지의 대학에 다니는 청년이 어머니께서 중풍으로 쓰러지셨다는 전갈을 받고 한밤중에 히치하이킹을 해서 병원으로 가는데, 이승을 떠도는 유령이 운전하는 차를 얻어 탄다는…….

스티븐 킹은 시종일관 공포소설만을 써온 작가이다. 도대체 공포라는 소재를 갖고서 무엇을 어떻게 이야기하기에 그가 작품을 내놓을 때마다 그토록 수많은 독자들이 책을 사서 읽고, 마침내 해마다 수천만 달러를 버는 대중 스타가 된 것일까?

공포(horror)는 공상과학, 판타지와 더불어서 환상소설의 한 장르를 이루는 소재이다. 한 번쯤 제목을 들어본 적이 있을 만큼 유명한 메어리 쉘리의 『프랑

켄슈타인』, 로버트 루이스 스티븐슨의 『지킬 박사와 하이드 씨』, 그리고 브램 스토커의 『드라큘라』는 공포소설의 삼두마차로서 자리잡고 있다. 스티븐 킹은 자신의 작품을 포함한 모든 공포소설들은 이 세 작품들이 이루어낸 성과를 토대로 해서 씌어진다고 말한다. 이 말은 독자들에게 공포의 감정을 촉발시켜 주는 세 가지 기본적인 매체들, 즉 인간이 만들어낸 괴물, 원래 괴물인 괴물, 그리고 저승에서 되돌아온 괴물을 각각 다루는 이 세 작품들의 전통을 그가 그대로 잇고 있다는 것을 토로한 것이다. 그의 작품들을 지속적으로 읽어온 독자들은 아마도 이 말을 쉽게 수긍할 수 있을 것이다.

공포영화의 대가 알프레드 히치콕 감독은 "나는 해악스럽지 않은 충격을 대중에게 가해주고자 한다. 이제 우리는 스스로의 힘으로는 자기 몸에 소름이 돋게 할 수가 없는 시대에 살고 있기 때문이다."라고 말한 적이 있다. 그의 이 말을 살짝 뒤집어서 듣는다면, 인간의 의식 속에는, 혹은 인간의 몸 속 그 어딘가에는 공포를 오히려 즐기고자 하는 본능적인 욕구가 내장되어 있으며, 그는 그것을 자극해 줌으로써 성공을 거두었다는 뜻이 되지 않을까?

놀이공원에서 사람들은 돈을 내고 총알열차를 탄다. 청룡열차, 88열차 등 그 무서운 것을, 돈을 내고 탄다. 유원지의 귀신 나오는 집에도 돈을 내고 들어간다. 돈을 들여 먼 곳까지 가서 번지점프를 하고 〈스크림〉 같은 그저 조금만 무섭고 마는 게 아닌 영화에 사람들이 구름처럼 몰려든다. 그리고 시뻘건 피가 튀는 권투 경기를 엄청난 돈을 걸고 구경하면서 사람들은 공포가 주는 쾌감 속으로 빨려 들어가는 것이 아닐까?

이러한 공포의 유희 속에는 아마도 죽음에 대한 인간의 관심 혹은 두려움이 암시되어 있을 듯싶다. 죽음을 받아들이는 인간의 태도에도 공포의 감정이 커다란 역할을 해주는 경우가 있을 터이다. 가령, 뱀파이어(흡혈귀) 영화를 보고 나면 사람들은 목숨이란 것은 죽을 때가 되면 영영 죽고 마는 게 훨씬 낫다는 생각을 할 수밖에 없지 않겠는가? 공포의 종교적인 극복 또한 인간에게 위안을 줄 것이다. 가령 〈엑소시스트〉 같은 영화를 놓고 얘기하자면, 거기서 벌어진 그 어찌할 수 없는 재앙을 해결해 줄 방도라고는 교

회의 힘뿐이지 않았던가?

 인간에게는 공포를 오히려 즐기고자 하는 욕구가 내장되어 있음을 암시한 히치콕 감독의 말은 참으로 정곡을 찌르는 일면이 있는 것 같다. 곧 죽을 것만 같은 공포에 사로잡히지만 총알열차는 결국 멈추고, 번지점프에서의 영원할 것 같은 추락은 로프에 의해 멈추어지고, 어둠 속에서 두려움에 떨며 본 〈스크림〉과 같은 공포영화도 마침내는 종영되고 우리는 가슴을 쓸어내리며 밝은 현실로 걸어 나온다. 되돌아올 수 있는 밝은 현실, 그것은 우리가 공포를 마음놓고 음미할 수 있게 하는 안전벨트일 것이다. 그러한 안전벨트를 매었기에 우리는 공포 속으로 총알처럼 질주해 들어갈 수 있는 것이다.

 스티븐 킹은 1947년 미국 메인 주 포틀랜드 시에서 태어났다. 아기를 갖지 못하리라는 선고를 받고 있었던 그의 어머니가 놀랍게도 아들을 낳은 것이다. 그러나 부부관계에 트러블이 있었던 그의 아버지는 그가 두 살이던 해 어느 날 담배를 사러 간다면서 집을

옮긴이의 말

나가서 돌아오지 않았다. 빈털터리인 채로 홀로 된 어머니를 따라 입양아인 형과 함께 친가와 외가를 오가면서 자란 그의 유년은 행복하지 못했던 것 같다. 힘겨운 노동으로 생계를 꾸려가야 했던 어머니 밑에서 자란 어린 시절의 아픈 기억이 그의 작품들에서 중요한 모티브가 되어 있는 경우가 종종 있다. 바로 이 『총알차 타기』에서도 그러한 유년의 기억은 '이 세상 천지의 유일한 가족인 앨런 파커와 진 파커'라는 두 모자의 모습으로 투영되어 나타난다.

그는 유달리 책읽기를 좋아했고, 9살 적에 이모의 방에서 공포소설과 공상과학소설이 가득한 책 상자를 발견하고 탐독한 후, 공포에 대해서 깊이 생각하기 시작하고 직접 글을 쓰기 시작했다.

어린 스티븐은 그의 형이 발행하던 동네신문 ≪데이브의 잡동사니≫에 기사를 쓰면서 글을 쓰는 것에 재미를 붙였다. 동네신문이라 집에서 등사기계로 찍어내고, 발행 부수는 겨우 20부 정도였는데, 스티븐은 TV 프로그램에 대한 소개 같은 것을 기사로 썼다. 기사들이 어느 정도 호응을 얻은 데 힘입어, 스티븐은 직접 쓴 단편 소설들을 신문 찍던 등사기계로 인

쇄하여 동네 주민들에게 팔아 30센트나 벌었다! 그리고는 학교로 진출해서 선생님들한테 발각될 때까지 친구들한테 소설을 팔았다. 이때 킹은 많은 단편소설을 썼는데, 대다수가 〈3인조와 가스등 서적〉이라는 회사에 의해 출판되었다. 사실 그 회사는 스티븐 킹, 데이빗 킹, 크리스 체슬리 세 명의 아이들이 설립한 것이다. 이들이 셀프 출판한 마지막 작품은 2부작으로 구성된 『별에서 온 침략자들』이었다.

1988년에 있었던 인터뷰에서 킹은 이렇게 말했다. "나는 불공평하다는 감정을 가지고 있기도 합니다. 내 기억으로는…… 우리 어머니는 홀몸이셨는데, 내가 2살 때 어머니의 남편이 그녀를 버리고 갔기 때문이었죠. 그 덕분에 어머니는 온갖 궂은 일들을 닥치는 대로 해야 했습니다. 우리는 거의 빈털터리나 다름없었어요. 우리 생활은 점점 깊은 수렁으로 빠져들어갔고, 그 시대에 누려야 할 동등한 기회 따윈 아무 데도 없었어요. 형과 나는 열쇠아이(부모가 일하러 나가서 집이 잠겨 있기 때문에 집 열쇠를 가지고 다니는 아이)란 게 생기기 전부터 이미 열쇠아이였어요. 어머니는 여성 근로자가 되어 힘들게 생활해야 했습니다. 그러면서도 별로 힘든 내색을 하지 않으셨습니다. 하지만 난 바보가 아니었고, 주위 상황이 다 눈에 들어왔습니다. 그리고 누구는 이용당하고 누구는 다른 사람을 부려먹는다는 생각이 들었습니다. 불공평하다는 생각이 내 머리를 떠나지 않았습니다. 그리고 그 느낌은 오늘날 내 작품 속에 들어가 있습니다."

1966년에 고등학교를 졸업하고 메인 주립대학 영문학과에 들어간 그는, 대학시절에 장래 그의 아내가 되는 태비타 스프루스를 만났다. 1970년 졸업과 동시에 그는 애인 태비타 스프루스를 아내 태비타 킹으로 만들어 주었다.

그들 부부는 이동주택차를 빌려서 살았다. 스티븐 킹은 제대로 된 일자리를 구하지 못하고 세탁공장에 취직을 하기도 하고 건물 경비원으로도 일하다가 1971년 가을에야 간신히 공립학교의 국어교사가 되었다. 아내는 던킨 도너츠 가게에서 일을 했다. 하지만 워낙 수입이 빈약해서 늘 돈에 허덕이는 생활을 면하지 못했다. 그러나 글을 손에서 놓지 않았던 그는 마침내 1974년에 더블데이 출판사에서 『캐리』를 발간했다. 이 소설은 즉시 대성공을 거두었고 영화화되었다. 그때 받은 선인세 2,500달러가 그들을 그야말로 쓰레기통에서 건져 주었지만, 그것은 그의 성공의 전주곡에도 못 미치는 것이었다. 이듬해 1975년 5월 어느 날에 그동안 힘겨웠던 그들의 삶을 영영 바꾸어 놓은 일이 일어났다. 더블데이 출판사로부터 『캐리』의 페이퍼백 출판권을 40만 달러에 뉴 아메리칸 라이브러리 출판사에 팔 것이며, 그 절반을 작가가 받게 될 것이라는 내용의 전화를 받은 것이었다. 그는 아내에게 선물부터 하려고 밖으로 뛰어나갔지만, 그날은 일요일의 이른 아침인지라 문을 연 가게라고는 잡화점들뿐이었다. 킹이 결국 아내에게 선물한 것은 헤어드라이기였다. 이제 지긋지긋한 가난은 끝났다. 74년 출간된 『캐리』는 순식간에 인기를 끌었다. 스티븐은 과거와 달리 온종일 글쓰기에만 전념할 수 있었다. 하지만 그 와중에 킹의 어머니는 『게리』의 출판계약 소식은 들었지만, 실제 출간된 책은 보지도 못한 채 세상을 뜨고 말았다.

  그 후, 킹은 계속적인 집필활동을 통해 베스트셀러

를 쏟아냈고, 이제는 미국을 대표하는 세계적인 공포소설가가 되었다. 킹은 1966년 오 헨리상을 수상했으며 소설 『샤이닝』을 비롯 『돌로렌스 클레이본』, 『쇼생크 탈출』 등 30편이 넘는 베스트셀러 소설을 펴낸 작가가 되었다. 그렇기에 "킹의 세탁물 목록을 적어서 책으로 내도 날개 돋친 듯 팔릴 것"이라는 말이 과장되게 들리지만은 않는다.

스티븐 킹은 1999년에 교통사고를 당해 작가생활에 위기를 맞기도 했지만, 툭툭 털고 일어나 이제는 또다시 사람들에게 끔찍한 공포를 안겨주기 위해 책상 앞에서 집필에 몰두하고 있다. 그리고 그후 첫 발표한 작품이 바로 『총알차 타기』인 것이다.

스티븐 킹의 이 『총알차 타기』는 쿠텐베르크의 금속활자에서 시작된 서적출판의 역사를 바꿀만한 실로 획기적인 사건이었다. 불과 하룻밤 사이에 40만 이상의 독자들로부터 접속이 쇄도하여 사이트들이 마비되는 지경에 이름으로써, 그 동안 출판업계와 독서계에서 비상한 관심사가 되어 있던 전자서적 출판의 가능성이 새로이 열렸기 때문이었다. 출판업자들은 "참으로 믿어지지 않는 사건"이라며 입을 딱 벌렸고, 스티븐 킹은 태연히 이렇게 말했다.

"나의 독자들이여, 이제 마침내 우리가 거물 출판사들에게 최악의 악몽을 안겨줄 때가 왔습니다!"

하지만 아이러니컬하게도 그 책은 이제 종이책으로 출간되어 수많은 독자들에게 기쁨을 안겨주게 되었다.

옮긴이의 말